青梅竹马

十一年情长

给 世 间 最 难 得

有爱的青春陪伴者

十一年无雪落

任尔西东 著

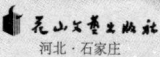

花山文艺出版社

河北·石家庄

图书在版编目（CIP）数据

十一年无雪落 / 任尔西东著. -- 石家庄：花山文
艺出版社，2020.5
ISBN 978-7-5511-4136-9

Ⅰ. ①十… Ⅱ. ①任… Ⅲ. ①长篇小说－中国－当代
Ⅳ. ①I247.5

中国版本图书馆CIP数据核字(2020)第015610号

书　　名：**十一年无雪落**
SHIYINIAN WU XUELUO
著　　者：任尔西东
统筹策划：张采鑫
特约编辑：廖晓霞
责任编辑：郝卫国
美术编辑：胡彤亮
责任校对：郝卫国
装帧设计：刘　艳　　Cain酱
封面绘制：闲鱼干
出版发行：花山文艺出版社（邮政编码：050061）
　　　　　（河北省石家庄市友谊北大街330号）
销售热线：0311-88643221/29/35/26
传　　真：0311-88643225
印　　刷：长沙鸿发印务实业有限公司
经　　销：新华书店
开　　本：880×1230　　1/32
印　　张：8.5
字　　数：236千字
版　　次：2020年5月第1版
　　　　　2020年5月第1次印刷
书　　号：ISBN 978-7-5511-4136-9
定　　价：36.80元

目录

c o n t e n t s

目录

c o n t e n t s

2016 年 1 月，孟青减追着聂三爷一路从北京到了西藏，临到纳木错的时候，她由于高原反应太严重实在是跟不下去了，倒在了白雪皑皑的念青唐古拉山附近。

冰冷的雪花夹杂着细小的雨丝在北风呼啸中往她的身上席卷，有前来旅游的驴友发现了她，便拽起她像是扔一个麻袋一样往背上扔。

"姑娘，瞒着家人一个人出来的吧！"宽厚的手掌将她整个人往上托了托，救命恩人笑着问她。

她眨掉睫毛上的霜雪，望着巍峨百丈的念青唐古拉山，一边含混不清地"嗯"了一声，一边点了点头。

耳边除了北风的呼啸声音以外，还有西藏人实行天葬时的经文声，声声入耳，刺得她的心脏一阵发紧。兴许是太累了，她抓紧了身下人肩膀上的衣服，就那么昏昏沉沉地睡了过去。在一片昏沉中，她仿佛见到了三年前的自己和三年前的陆嵘铮。

在海拔高达四千米的布达拉宫，他们曾为了完成生存任务而同生共死。那时候，她也像现在这样，一到高海拔地域就像是去了半条命。有一次，她吐得实在是太严重了，眼见别的组的人都早早地登顶到了终点，就索性自暴自弃地倒在了皑皑白雪里。

"如果我死了，你就把我天葬了吧，为了葬队友而输了任务，不可耻……"

她自顾自地对陆嵘铮说着，而他却二话不说，上去就狠狠地踹了她一脚，然后也是毫不留情面地将她扔在了背上。

很多年以后，她仍旧记得那时候他身上散发的淡淡香气和指尖缠绕的那一种专属于男人的气息，以及那一句很平静却掷地有声到能够暖到她心窝里一辈子的话。

那时候他说了什么？

哦，他说："减减，我这辈子算是栽在你手里了。你死了，我前半生可算是白活了。"

往后的许多年，她在聂三那里听过很多很多的情话，可没一句话像他那样说到她的心窝里的。

那时候，她以为，她拥有了他的前半生，就真的拥有了他的一辈子。

她在梦里辗转醒来。

这是这三年来她做过的关于他的唯一一个好梦。

她知道，后面的路满是荆棘，而她；只能一个人走。

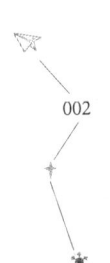

第一章

横陈掌心的梦

Shiyinianwuxueluo ··

命运的奇妙之处在于，无论你走过了一段多混沌的路，
回头看看，爱恨在一开始的时候都有迹可循。

01.

陆嵘铮十七岁生日这一天，陆远安出钱请孟青减和陆嵘铮去看了一场在旧时颇有争议的电影《荆轲刺秦王》。

宏大的战争场面，惊心动魄的生死抉择。

一出戏落幕后，陆远安问了他们一个当时被无数人提起过的问题。

"吕不韦，是杀还是不杀？"

孟青减说："不杀。"

陆嵘铮说："杀。"

他们因为这个话题在飘着鹅毛大雪的电影院门口足足争论了半个小时，谁都不肯低头，最终以陆远安的调停而告终。

那是 2001 年的十一月，南国最早的一场初雪。

很多年以后，孟青减回想起她的爱与偏执，她的梦想和她的初心的时候总会想起那一幕。

原来，很多故事，早在青春最开始的时候，就已经敲定了结局。

孟青减初见陆嵘铮的时候，是在苏律高中的体育馆里。

那一年，孟青减十五岁，父母因为缉毒任务而光荣牺牲，家族亲缘单薄，唯一的舅舅远在美国，在没有人抚养的情况下，是陆远安收养了她。

那一天，是陆远安带着她去新学校的第一天。

在报到完毕后，养母由于工作的原因先行赶回了单位，而她则因为拿过跆拳道优秀队员的奖而被班主任池容拉到了高一年级一班和二班的跆拳道联赛上临时救场。

她还记得，那是她有生以来打过的最窝囊的一场比赛。

从下午三点到四点半，整整一个半小时，跟她对垒的都是些细胳膊细腿儿的根本不会打拳的男生，她怕伤着他们，只敢跟他们用划拳似的打法练，到后来，台下是一片笑声。

还是池容看不下去，感受到了自己班上的这位新兵是屈才了，忍不住对一班的班主任发牢骚，才让他们换了个王者。

也就是那时候，她遇见的陆嵘铮。

他弓着腰，将手里的拳套甩来甩去，对周围的一切都保持着一种漫不经心的随意。

桀骜，不逊。

像是秋日里的风，冰凉，却一眼就让人记到了心里。

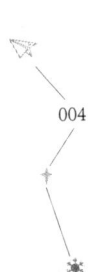

真是生得一副好皮囊。

九月的太阳照得她有些昏昏沉沉，只巴不得快些结束这场比赛，可在见到面前这人的时候，还是忍不住讪讪地陷入了青春期少女特有的粉色泡泡的沉思里。

比永远站在第一的神坛更让人欣喜的从来不是无数遍被人称赞优秀，而是棋逢对手，箭遇良弓。

当裁判员宣布开始的时候，两个沉浸在自己世界里的少年都不曾给对方留任何的脸面。出拳，勾脚，每一步都是按部就班，尽自己所能。

孟青减想，如果那一场比赛真的顺利地进行了下去。

或许，她和陆嵘铮能够提早成为朋友，甚至更进一步，是年少的知音。

可是，没有。

比赛打到一半的时候，他就突然叫停了。

"老师，我突然想起，我还有一场篮球要打，我先去了。这局我认输。"

他骨节分明的手指在阳光下轻轻地一晃，将拳套扔到台下给体育老师的动作很是炫酷，可在打到兴头上的孟青减看来，却是贼扎眼。

像是童话照进现实。

原本的欣赏一下子被冲得烟消云散。

十五岁的孟青减什么样？

按照后来陆嵘铮的话说，那就是不识抬举，活成刺猬的玩意儿。

可在她自己看来，则是活在规矩之中，方方正正。

所以，在陆嵘铮转身要走的时候，她突然有一种被戏耍了的感觉，然后，一个勾脚，一拳就抡了上去。

这是她来到这个学校的第一战。

她不想输。

他并没有意识到她会出手，下意识地闪了一下身。

也就是这么轻轻地一躲，她的拳头没能击准他，而是完美且精准地落在了他身后的观赛的一班班主任栗云辉的脸上。

正所谓，自古初见多荒唐。

当刚刚回到单位没几分钟的陆远安接到池容老师的通知又匆匆赶到学校的时候，两个孩子已经顶着烈日在国旗下站了有大半个小时了。

一个因为对待比赛太漫不经心。

还有一个因为殴打老师。

总之，青涩的脸上都挂着一副老死不相往来的表情。

而当陆远安告诉他俩，"你们一个是我生的，一个是我要养的"的时候，在太阳底下快晒成银鱼干的孟青减怎么也没有想到，率先服软且恭恭敬敬地依着她的小名儿喊出一声"减减妹妹好"的竟是刚刚那个一副散漫样儿的少年。

减减妹妹。

她在心里反复地咀嚼了一下这个称谓。

从小受到宽容教育的她觉得很受用，也弯着唇，皮笑肉不笑地回了一句"陆哥哥好"。

时间和画面皆在这一刻定格。

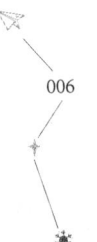

那个时候，他们谁也想不到，关于"哥哥"和"妹妹"的亲切称呼，在后来的很多年里，只有在养母陆远安出现的时候才会稀缺的被当作假面使用。

而在年少不更事的岁月里。

饶是孟青减足够宽和。

饶是陆嵘铮在外人面前足够衣冠楚楚。

在更多时候，在没有人的空间里，他们更多的是冷笑着相互讽刺，撕破脸皮的唇枪舌剑，乃至谩骂，不顾形象地撕打。

02.

那日从国旗下被陆远安领回家的场景，在孟青减看来，太过惨烈了。

后来的整整一个月，为了不让新同学对她的印象停留在一不小心殴打了老师上，她都是靠着门门第一的成绩来补足的。

早在她刚刚转来的时候，学校就知道这姑娘不仅是英雄之后，成绩还很好。可没承想，是个这么厉害的主儿。

当时，正逢学校的大队长因为生病退位不干，校长江玉郎见这小姑娘又聪明又漂亮，一拍板就把这个职位给了她。

作为这个学校的新生，对于很多东西都还是一头雾水，孟青减接了袖章之后也只是放在了那里，倒是她的同桌江轻，激动得不得了。

在当天下午，青减午睡的时候，江轻就拿着她的袖章出去了，并且缴获了一堆的战利品。

从零食、漫画书，到游戏机，那是五花八门。

"这是什么？"

等到青减睡醒的时候，这堆东西已经安安稳稳地堆在了她的面前。

而周围的同学则都在用一种讥嘲的目光看着她。

"学校不让带的违禁品，我替你收的。"江轻跷着二郎腿坐在铺满了阳光的窗户下，长长的睫毛扑闪着，单论容貌，她美得像是一个精灵。

可放在这样的情形下，揉着惺忪眼眸的青减，只觉得她是一个拿着黑色小叉子的恶魔。

被收走的东西，都是隔壁一班一个叫沈绝的倒霉蛋的。

他家和江家是世交，可他跟江轻却是冤家。

青减醒来后还没能跟江轻对上两句话，一班的班主任栗云辉就揪着沈绝的耳朵前来收赃物了。

自打上次误打了这位胖乎乎但很憨厚的老师后，青减一直都心怀歉疚。

如今，同桌顶着自己的名头又去搜查了他们班的同学，她自然觉得很不好意思。因此，在下午放学之前的那节自习课上，她又偷偷地去找了班主任池容。

"我觉得我不适合当大队长。"

双膝并拢，安安稳稳地坐在沙发上，孟青减低垂着睫毛对池容如是说。

此时，池容正捧着一个茶杯改着作业，在听到这小妮子的话的

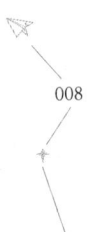

时候，骤然抬起了头。

"不适合？"入鬓的长眉吊了起来，她搁下笔，特严肃地看着面前的姑娘，"大队长可是能让你拿到省三好学生名额的，对你两年后参加高考自主招生有帮助的。你是个聪明的姑娘，老师希望你能认认真真地考虑一下这事儿。"

青减点了点头，温和地一笑，径直又将那袖章还给了池容。

"我生母曾经对我说过，一个女孩儿太漂亮已经是一种罪过，如果她又太聪明，那后面的命一定不会很好。我已经长得足够好看，没必要再有审时度势的聪明。"

她扬起脸静静地看着池容。

说出这番话的时候，她脸上有着青春期少女近乎固执的自信。

池容教学了几十年，见过无数性格奇特的好学生，就是没见过一个古怪成这样的，一时之间，竟是语塞。

孟青减从办公室出来的时候，刚好赶上放学。

也是巧得很。

孟青减迎面就撞上了手里晃悠着一个篮球的陆嵘铮，和一张脸上写满了生无可恋的沈绝。

"母老虎的帮凶！"

沈绝见了她，敢怒不敢言，只敢躲在陆嵘铮的身后愤愤不平地大喊。

他声音不小，引得走廊上的一票学生都回头频频张望。

青减原本舒展着的眉头像是一张被大力揉搓过的纸巾一样，倏然皱了起来。

从书包里面翻出昨日陆远安吩咐她买辅导书的零钱，她攥了一把，有钢镚儿，也有五块一块的钞票，径直上前塞进了沈绝的手里。

她的动作并没有那么迅猛，甚至因为这事儿让她烦躁了，所以她有些缓慢。

可因着她的跆拳道实在是打得太好了，所以沈绝下意识地以为她想打他，还躲了一下，没承想，他还未回过神来，手里面竟多了这么多散碎的钱。

"都赔给你了。"

她轻飘飘地说了一句，然后一个转身，就头也不回地下了楼。

夕阳的余晖照在沈绝和陆嵘铮两个人身上，整个学校里回荡着《青藏高原》这首歌，当韩红老师的高音飙到最高处又落下的时候，沈绝望着一手的钱，英俊的脸庞都涨得通红。

"陆嵘铮！你妹妹这样，真显得我像个被包养的男人！"

他一面愤愤不平地学着《呐喊》里九斤老太的模样嚷着"真是一代不如一代"，一面把那些零钱往自己的口袋里塞着。

陆嵘铮斜睨了他一眼。

没说话。

只是，微微下沉的嘴角表现出了他对这两人的行为都不以为然。

03.

南淮的冬天，来得格外早。

在将所有钱给了沈绝以后，青减度过了一个精神食粮和物质食

粮双重匮乏的寒冬。

她和陆嵘铮一样，都是打小就优秀的孩子，从前亲生父母还活着的时候，从没查过她的辅导资料，所以这钱给出去了，她也不当回事。

可十一月底在桌上吃饭的时候，养母陆远安也不知道是受了哪家的刺激，突然在给他们两个一人剥了一只虾后，淡淡地问："减减，嵘铮，前些日子，我不是给了你们一笔钱，去买吃的和《5年高考3年模拟》吗，都做了没？"

陆嵘铮没吭声，继续吃饭。

青减也没吭声，继续吃饭。

陆远安见他们两个这副样子，就知道，没一个省心的。

偏巧单位的电话打了过来，又有个案子要处理。她起身擦干净了手，只甩下了一句："甭管你们怎么搞，下周五之前，我要见到你们动了笔的辅导书。"然后，便是门"砰"地被关上的声音。

陆嵘铮表现得倒还算平静，晃晃悠悠地收拾了碗筷就回了自己的房间。

倒是青减，一下子犯了难。

坐在饭桌上，她挠了好久自己的脑袋，最终她敲响了陆嵘铮房间的门。

此时，他正坐在阳光下拿着一本《福尔摩斯》在看着，见她来了，也不震惊，只是笑眯眯地对她摆出了一个"请坐"的手势。

虽然在同一个屋檐下生活，但是两人鲜有笑脸相对的机会。

从初见时的荒唐，到后来时常因为冰箱里的牛奶该贴谁名字的标签，又或者是谁用了谁的碗筷，都是这三个月，他们之间尴尬的问题。

她知道他不喜欢她。

她也未必有多喜欢他。

因此，在这个平时没什么表情的人笑眯眯地让她坐下的时候，她竟是有些吃不准他的心思。

"借钱？"

他懒洋洋地撑在书柜边，一语戳中她的心思。

"嗯。"

她绞了绞手指，平素在陆嵘铮看来有些嚣张和古怪的脸上多了丝丝的羞怯。

"我会还给你的。"青减顿了顿补充，"虽然，现在还不行，但过一段时间总还是可以的。"

陆嵘铮似懂非懂地点了点头。

他也不为难她，只是直接从书架上拿了两本崭新的《5 年高考 3 年模拟》扔给了她。

早在她把钱都给了沈绝的时候，他就料到有这一天了。

跟同龄人相比，十六岁的陆嵘铮有着超出一般人的成熟，同时也有着超出常人的顽劣。在猜到他这个妹妹会没有钱买书的同时，他也猜到了他母亲会查辅导资料的填补程度。

所以，在将书扔给了她之后，他特地强调了一遍："要两种字迹，减减妹妹。"

青减深吸了一口气，对这个人老谋深算的行径表示不齿，可是她没敢吭声，乖乖巧巧地拿走了那两本教辅书。

要两种字迹的话，靠她一个人自然是完不成的。

学校每一天的最后一堂课都是自习课，辞去了大队长却仍旧还担任班长职位的青减没办法，只好在座位上偷偷摸摸地干着跟江轻一起抄着作业的勾当。

班里人多眼杂，好学生抄作业的事儿自然被传得沸沸扬扬的。

听说了这事儿的沈绝觉得奇怪，在下课约陆嵘铮去体育馆听文艺委员谢灵弹吉他的时候，忍不住发牢骚："我就搞不明白了，孟青减抄作业就抄作业吧，带上江轻干啥呀？要是被她爸知道了，又得把她骂哭。"

他话语里的偏向意味明显，连原本专心拨着弦的谢灵都听笑了。

"阿铮，瞧沈绝这意思，是你那个新妹妹带坏了他的宝贝母老虎了。"

陆嵘铮淡淡地扯着嘴角，将手里的水递给谢灵后，拍了拍沈绝的肩膀。

"听说过王子和公主的故事吗？"他问。

"当然，童话故事里，王子和公主都幸福地生活在了一起。"沈绝双手合十，微微侧身将头靠在陆嵘铮的肩膀上，摆出向往的姿态。

陆嵘铮没吭声，对谢灵使了个眼色。

只见谢灵拨了拨刘海，笑眯眯地说："那是童话，你的现实是母老虎和公小鼠。"

像是黑暗照进光明。

沈绝泛着粉色泡泡的少女心一下就碎了一地。

然后，他指着他们两个就开始发出公鸭嗓的尖叫："你们狼狈为奸，狼狈为奸！"

谢灵见状顾不得平日淑女的形象，捧腹大笑。

她笑起来的样子很美，眉眼弯弯，白颊带黛。

像光，像火，像烟花。

而身体不是很好引起的轻咳则更给她带了几分弱柳扶风之感。

"好了，好了，别笑了，喝口水。"

陆嵘铮轻轻地拍着她的背，指甲划过她柔软头发的瞬间，也不知怎的，突然想到了孟青减这个妹妹。

如果是她……

她一定不会这样笑。

他觉得心里有点痒痒的，也觉得自己有点荒唐。

一个是活在阳光下，给点阳光就灿烂的向日葵公主。

还有一个是脾气古怪，浑身带刺的仙人掌花。

怎么能够一样？

04.

托班上同学的福，不过短短两天，青减抄作业的事儿就已经传遍了这个学校。

一向把她作为一定会考上重点大学苗苗看的池容对此大为失望，忙不迭打了个电话给陆远安，倒是也没说这孩子抄作业的事儿，只是询问了一下这小妮子最近的情况，以及是不是学习太累了，让家长多关心关心孩子。

陆远安接了电话后倒是也真听进去了，下班后二话没说，就接了两个孩子直接奔着烧烤摊出发。

南淮的冬夜，带着丝丝的凉。正值雪霁，大院里的小孩们都奔出来玩还没融的雪。

烧烤摊前坐满了人。

陆远安喜欢热闹，吃到一半的时候还叫了她的几个好友来。

青减的心里藏着事儿，觉得受之有愧，吃了两口就吃不下去了。陆嵘铮也差不多，他们俩都是喜静不喜吵的人，早早就浮现出了不耐。

"走吗？"

临到青减已经无聊到掰扯起自己手指甲的时候，陆嵘铮戳了戳她的胳膊。

她早等着他这句话了。

青减刚准备将桌子下面的书包拿出来，也是巧得很，就那么一低头，刚刚好就看到了陆远安和她身旁一个男人交缠着的脚。

小姑娘没见过这种场面，脸一下子就涨红了，闷闷地拿了书包，她连一句"陆姨，我们先走了"都忘记了说，就赶忙跟着陆嵘铮往外走。

她也不知道跟着他绕过了多少的深巷。

一直走到家门口，她才注意到他的脸色不大好看。

"陆姨，她是不是跟陆叔离婚了？"她想了许久，才憋出了一句自认为完美的措辞。

"没有陆叔这个人，从来没有。"他淡淡道，仿佛在说一个不相关的人。

青减望着他万分平静地弯着腰去开家里的门的时候，那一瞬间僵直的背，一下子就什么都不敢再说了。

　　论智商，年少的她远在同龄人之上。

　　可论情商，说实话，她是在平均线以下，甚至还有些迟钝的。仔细想一想，如果不是这天她看到了陆姨的新男友，或许，她都不会去思索一下，为什么这个家里会缺少一个父亲的角色？

　　回到房间里，青减乖乖巧巧地拿着干净的毛巾将生父生母的照片框擦了一遍。

　　那是一张很老旧的照片了。

　　穿着一件鹅黄色长裙的女人倚在穿着军装的男人的肩膀上，他们的身后是青山，是绿水，他们的头顶则是无比广阔的天。

　　放眼望去，尽是契阔山河。

　　她将额头抵在相片上，感受不到父母的余温，有的只是一片冰凉。

　　"爸妈，别担心我，我又有一个家了。"

　　她如是说。

　　然后，她轻轻地拍打着枕边那个她从小到大最爱的兔子娃娃，扯出了一个笑容来。

　　尽管抄作业的事情被池容发现了，但是一向不喜欢欠人家人情的青减还是完完整整地把那本辅导习题册交给了陆嵘铮。

　　两人在陆远安的面前浑水摸鱼地过了关，算是松了一口气。可一直不受老师喜爱的江轻却是如沈绝所说，在家被她爸骂了个半死，

并且扬言半个月不放她出来。

为此，江轻没说什么。

倒是沈绝，一度宣言跟青减结下了梁子。

懵懂无知的青春期，青减对于这些男同学女同学之间复杂纠结理不清的关系并不怎么上心，相反，倒是一门心思地扎进对侦探小说的研究里出不来。

父辈的影响太过深刻，让她打小就有了一个要当警察的梦想。

"我不愿意一辈子只当英雄的女儿，如果可以，我也要当一个英雄，哪怕牺牲。"

青减十五周岁的生日那天，素来不喜南国柔软到让人觉得旖旎得到死的风景的陆远安专门带着青减和陆嵘铮去了北国看冰雕。

在大雪纷飞的哈尔滨的出租屋里。

当养母捧着个蛋糕走到她面前的时候，她特庄重地许下了这样的愿望。

为此，陆远安感动得热泪盈眶，一度拉着青减的手说不出话来。

而在一旁拿着刀默默地切着蛋糕的陆嵘铮，冷不丁一抬眼皮，极其漠然地回了四个字儿："两个神经。"

这是 2009 年的冬天，红泥小火炉，绿蚁新醅酒。

正逢《夜幕下的哈尔滨》重播，端着个小板凳在室外一连看了一周大雪的青减终于将阵地转向了室内，开始研究热血与家国的里程碑。

她抛出的话，许下的承诺从来都是认真的。

存不得半点假。

"这世上，那么多的人做着英雄的梦，你觉得你一个女孩子能行？"

搁下手里的数学习题册，看着这小妮子走火入魔般的样子，一向跟这个妹妹有些话少的陆嵘铮双手轻轻地敲着沙发左侧的扶手，是又好气又好笑。

而她，只是笑眯眯地转过头看着他，然后回敬："哥哥，你怎么知道我不行？"

这是她进入陆家以来，极少的一次叫他哥哥。

少女的眼睫微微地颤动着，笑起来的时候，两颗小虎牙关不住露在了外面，酒窝很甜。

陆嵘铮被她的一句话噎住，像是一拳打在棉花上，软绵绵的，无处使劲儿。

最后，他脑海里，只回荡着那么一句：你怎么知道我不行呢？

你怎么知道我不行？

江南烟雨初歇，北国万里雪飘。

这一年的他还不知道，在很多年以后，眼前的这个姑娘曾无数次问过他这个问题，而无论境况如何都始终是这副表情。

带着清醒的讽刺。

在安逸的暖屋里，在念青唐古拉山的月色下，乃至在面对生死时的绝境里……

陆嵘铮的喉结上下滚动了一下。

极少多管闲事的他只觉得自己是热脸贴了冷屁股，却又无处发

泄。

他有些窝囊地摆了摆手，扔下一句生硬的"随你"就头也不回地回了房间。

05.

陆远安带着他们两兄妹在哈尔滨待了约莫半个月，就又重新回到了南淮。

二月末的时候，临近春节。

谢灵的父母由于在国外有一场很重要的生意要谈，但又没法带着谢灵去，就把她也托付给了陆远安。

青减第一眼见到谢灵的时候，就不喜欢她。

倒不是因为其他什么原因，而是她们初见的时候，对比太过鲜明。

她还记得那一天是腊月二十七，她不想跟着陆远安一起去澡堂像是下饺子一样洗澡，就先在浴室里耐着寒冷冲了个澡，然后又端了个脸盆在院子里面开始洗头。

也是巧得很。

在她洗头洗到一半的时候，谢灵来了。

谢灵穿着一件新买的红色大衣，扎着一个马尾辫，怀里抱着一把吉他，像是一个公主一样从车子上面走了下来。

举止很是温柔。

可是她拨弄刘海的时候，那眼睛里又有一种一般女孩儿没有的韧性。

头上、脸上都是泡沫的青减忍不住眯起了眼睛。

那是阳光很好的一天。

青减听见耳边陆远安关切的话语，也看见陆嵘铮渐渐趋向温和的脸庞，也不知怎的，她就突然想起了《日出》里面陈白露的一句话：

"太阳出来了，可是那太阳不是我的。"

青减也觉得自己对谢灵的敌意有些莫名其妙。

好在谢灵并没有感觉到这一点，在笑眯眯地跟她打了一声招呼后，便从车上把自己的东西拿下来往客厅里面搬。

陆家只有三个房间。

谢灵没有单独的房间，就只能跟青减挤在一起。当青减吹完头发的时候，陆嵘铮已经帮谢灵把书本什么的都搬到了她的桌子上，并且耐心且细致地给她们做了"三八线"。

当青减回到房间，看到那一幕的时候，觉得有些哭笑不得。

陆嵘铮平日里是个连她在冰箱里面的牛奶上贴上标签都觉得可笑的人，如今竟然能为了这个发小做到这个地步，也真是让她大开眼界。

她把所有的心思都压了下去，沉在心里没表露出来，只是上前去跟谢灵搭讪了几句。

这中途陆嵘铮跟她七扯八扯地说了几句话，她都装作没听见，没搭理他，只当是有只蚊子在嗡嗡叫。

陆嵘铮有些吃不准青减的脾气。

一贯骄矜的他在她这里吃闭门羹也不是一回两回了。平日里，他念着陆远安的那句"减减是妹妹，你要让着她"，所以没跟她计较。

可今日，发小在这里。

也确实让他有些磨不开面子。

于是乎，在第五次跟她搭话她不理的时候，陆嵘铮有些恼了。他的手指轻轻地在书桌上敲了敲，整个人横在了谢灵和她中间。

"别人跟你说话，你要接，这是礼貌。如果今天我做得有什么不对，你同我讲，我改，这是根本。但是，孟青减，你处理事情的方式，让我觉得你这个人有问题。"

他说话的态度很冷硬，也很陆嵘铮。

可也不像是个解决事儿的态度。

青减一时之间火气也上来了。她抱着手臂抬起下巴，眼里一簇簇是即将喷发的火焰。

"我这个人有什么问题,你倒是说说,不说的话,我们打打也成。"

她的手指了指外面的院子。

空旷而又宽敞的场地。

挑衅得赤裸裸。

两个人，针尖对麦芒，谁也不让着谁。

夹在二人中间的谢灵觉得很为难。

在两人吵架吵得不可开交，怎么也拉不住的时候，她就只好去找了陆远安。

谢灵这个姑娘，什么都好。就一点，她一紧张，就会口吃。

在厨房做饭的陆远安看着谢灵慌慌张张地冲了进来，连忙问她发生了什么。她指着嘴巴支支吾吾了半天，花了十几分钟，才终于把这事情的来龙去脉说清楚。

陆远安听到自家两孩子又吵了起来，顾不得形象，拿着个饭铲就急急忙忙地往房间赶。

可是，她到了那里却发现，肇事地点早已经空荡荡。

北风吹动门口的枇杷树，发出"沙沙"的声响。

这下陆远安蒙了。

谢灵也蒙了。

南淮的冬天格外冷，又正逢雪霁。用老虎觅食一样的目光在街道上寻找空旷场地的孟青减不动声色地裹紧了自己的奶黄色羽绒服，尽管瑟瑟发抖，却仍要保持着她的骄傲与倔强。

离大年夜只剩两天了，家家户户都飘着食物的香气。整个街道上只有零星的小贩。

陆嵘铮停下脚步，摘下眼镜，从口袋里面拿出一张纸巾在结了霜的镜片上擦了一下。重新戴上的时候，他看到前面那小妮子执着的背影，忍不住嘴角抽了抽。

他怎么就真的跟这么个食古不化的东西置了气？

他站在原地，为自己热血上头的愚蠢而闭目自嘲。

正赶上隔壁邻居纪姨出来买年货，见了他，便关怀地问了一句："铮哥儿，都这个点了，怎么还不回家吃饭哪？"

他睁开眼，手随意地往前面点了两下。

他本想给纪姨示意他在跟着那小妮子，却一转头，发现那人早已经消失不见。

06.

孟青减的母家在扬州，南淮并非她的乡土。

她来这座小城方才不过半年，平日里除了上学以外，陆嵘铮极少见她出去过，因此，当她一转眼没了的时候，他下意识地怀疑，她还能不能找到回家的路。

傍晚的太阳渐渐西沉。

天边是无尽晚霞，影影绰绰染红了大半边的天幕。似血的红，大片大片地铺展开来，像是被洇染的画，美得让人惊奇。

陆嵘铮蹲在路边，捏着疲惫的眉心等着孟青减回来找他。

偶尔有同学路过，跟他打声招呼。

他也都敷衍地一一应下。

从五点一直等到七点，这条街道上都没有出现过青减的身影。中途陆远安打过一次电话给他，问他，你是不是跟你妹妹去打架了？

他说，没有。

陆远安不信，又问，没打架你们为什么还不回来？

他被问得心烦意乱，只得冷硬地用一句"我们都是大孩子了，还能走丢不成"成功地堵住了陆远安的嘴。

残存的一丁点儿耐心被逐渐地消耗完，就在陆嵘铮甚至觉得，那株小仙人掌花可能已经自己一个人回家了的时候，一抹鹅黄色的身影突然出现在了他的面前，挡住了他脑袋上路灯的光。

"知道回来了？

"地方找到了？

"是先吃饭，还是打一顿？"

他脾气不好，等了这么久，话语里带着刻意的吊儿郎当的痞气和不咸不淡的嘲讽。

她摇摇头，没说话。

他蹲着，她站着。

这个角度，他刚刚好可以看到她下巴和脸上的血痕，以及微微发红的眼眶。

"你被猫挠了？"

他凉凉地哼了一声，下意识地弓着身子站起来，手在她面前晃悠了一下。

她一把打掉他的手。

也就是那么一瞬间，陆嵘铮的眉头皱了皱，他发现，这小妮子的手上也都是被挠的血痕。

澄暖的灯光照在两个人的面上，他们站在大路的中央，时常有汽车开过，冲他们按喇叭。

陆嵘铮许久没得到她一个回答。

他把手插在裤子的口袋里，就那么站着，看着她原本通红的眼眶变得越发红，也不提回家的事儿，决心耗着她。

冰凉的北风往他们的脸上呼呼地刮着，像刀子一样锐利。

可出乎意料的是，他没能等来这小妮子的实话，而是等来了一个戴着顶老式皮帽和发乌的手套、脸上的皮肤都有些龟裂的男人。

就在他愣神的时候，这男人已经走了过来，瞅了青减一眼后，狠狠地一脚踹在了她的膝盖上。

"是不是你打的我孩子？啊？看着斯斯文文的一个姑娘，怎么那么虎呢？"

男人的声音粗犷，那一脚踹得也重。

青减一个踉跄就直接倒在了地上。

陆嵘铮没想到这人会动手，先是愣了一下，然后径直挡在了青减的面前，再接着，恶狠狠的一拳就直接打在这男人脸上。

两人径直扭打在了一起。

陆嵘铮打小就是南淮平安巷的皮孩儿之一，打架那是一把好手，从未怵过谁。他下手狠辣而又刁钻，一开始是往男人的脸颊处打，再后来就是眼角处。

十五六岁的少年，正是血气方刚的年纪，气血冲上了头，就拦不住了。

被踢倒在地的青减忍着膝盖的疼痛站了起来，跌跌撞撞地就去拉他的胳膊。

"陆嵘铮，别打了。

"陆嵘铮，听话，是我对他的孩子动的手，你先撒手，我一人做事一人当。"

……

她生怕他把这男人给打死了，说到最后，语气几近哄孩子。

陆嵘铮这才有所松动。

猎猎晚风在他们的耳边回响着，在陆嵘铮松手的同一时间，警笛声也响了起来。顶着个红灯的警车从远处驰骋而来，停在了他们的面前。

车上走下来两女一男三个警官。

那刺眼的黄光正对着青减，她忍不住眯了一下眼睛。

那个男警官。

她见过。

是那天在烧烤摊上跟陆姨动作亲密的男人。

她下意识地抬头看陆嵘铮，只见他已经松了手，理了理自己的衣服，然后颇为平静得像是什么事儿都没有发生一样地走到了那个男警官的面前。

"霍叔。"

他不咸不淡地叫了一声。

霍警官应了一声，看着眼下的场面，一张脸像是打翻了的调色盘一样。他拍了拍陆嵘铮的肩膀，然后指了指那警车，握拳干咳了两声。

"对面小卖部的奶奶举报你们当街寻衅滋事，你们是自己上车，还是我请你们上？"

陆嵘铮没接他的话茬。

他嘴角扯平，脸上透着彻骨的散漫，然后像是英勇就义的战士一样上了车。

青减跟在他后面，一脚刚要踏上车门的时候，却被车上的他往下推搡了一下。

"跟你有什么关系？下去！"

她抬头，不可思议地看着他。

警车的门"砰"的一声被关上。

伴随着又一阵鸣笛声，车子扬长而去。

07.

这是青减有生以来过得最不一样的一个腊月二十七。

她从街道上一路狂奔回了家，本想刺探一下情报，看看陆姨是不是已经睡下了，却被邻居告知，陆远安同志已经怒气冲冲地拿着一根擀面杖往派出所赶了。

极致混乱的晚上。

她跑回家的时候，谢灵正在院子里捣鼓着一辆已经非常破旧的凤凰牌自行车的链条，白净的手上满是黑色的油污，脸上也是灰不溜秋。

她问谢灵，你在干吗？

谢灵扬起脸，急得眼里有了泪花，向她求助，派出所离这儿太远了，陆姨不肯带我去，我们骑车去吧，我知道你不会，我会骑，我驮你。

她愣了愣。

然后二话不说，她将羽绒服脱了下来，捋起袖子，就开始给那自行车上链条。

两个花季的小姑娘，对着那辆跟她们年岁差不多的自行车，又是晃，又是摇，费了九牛二虎之力才将那链条上好。

老旧得几近报废的车子，一踩起来就是"哐当"响。

青减坐在谢灵的身后，看着她瘦小的、由于用力而弓起的背，鼻子蓦然一酸。

她们最终并没能如愿抵达派出所。

因为在中途，她们就遇到了面色冰冷得可怕的陆远安。这个用弱小的肩膀承担起了一整个家庭重任的女人，将他们三个领回了家，嘱咐了谢灵和陆嵘铮待在房间里面不要出来后，就径直将青减给拎到了书房里。

红檀木的戒尺被冷冷地甩在桌子上，陆远安的周身都散发出只有梅雨季节才有的那种阴沉。

那是那些年里，青减第一次见到陆远安发怒，也是唯一一次。

青减垂着头，乖乖巧巧地诉说了自己跟那个男人的关系。

无非就是她看到那男人的孩子欺负了他们班的同学，她觉得愤懑，就上去踹了欺负人的孩子一脚。二人扭打在了一起，她被那孩子用手挠得满身血痕，而那孩子则在扭打过程中，牙齿撞到了地上，磕得满口血。

她说得云淡风轻，而陆远安听得则是恨不得把她给掐死。

"你是不是觉得打架不是一件特严重的事儿啊，啊？"

狠狠地一戒尺甩在了青减的手心上。

火辣辣的疼痛。

她强忍着生理性的眼泪，没有哭，只是仰着脸执拗地看着陆远安："他打人，我为什么不能打他？"

少年人的世界，对错还不甚分明。

也不知是此刻少女太过冥顽不灵，还是她眼底的执拗像极了她逝去的父母，陆远安竟是生生有了故人归来的恍惚。

"你觉得他打人，你就能打他？以暴制暴？是你爸傅征这样教你的，还是你妈孟凡这样教你的？"

陆远安不再恼了，反倒是平静了下来，声音里却带着一丝丝的轻颤。

"你爸你妈就你这么一个女儿，孟凡跟我说过，她希望你成为一个永远正直、永远温和的姑娘。你今天是磕了那孩子的牙，你要是下次下手重一点进了少管所，你让我该怎么对得起你九泉之下的父母！"

陆远安不提她父母还好，一提她父母，原本还愿意接几句话茬的青减立即抿着唇，一句话也不肯再说了。

跟平安巷里所有的家长一样，在道理讲不通后，陆远安大手一挥，便让青减顶着个盆去院子里面跪下，什么时候想通了什么时候起来。

青减是个倔强到有些迂腐的孩子，不问也不再质疑，二话不说，拿了客厅里面那个铜盆就到院子里跪得笔直。

冬夜里的风冰凉刺骨，霜打在窗外的万年青的叶子上，是淡淡的银白。

青减也不知道自己跪了有多久，半个小时、十分钟，还是五分钟，只知道在拿着盆的手快要冻僵的时候，有另一双手过来拿走了她的盆。

"我不觉得你有错。"

少年眉间轻拢。

带着肥皂香气的指尖若有似无地划过了她的脸，他话说得那是无比硬气，可在拉她起来后，自己却顶个盆替她罚跪在了院子里。

男儿膝下有黄金。

青减起来后下意识地要去拉他，却被身后的谢灵拽了拽衣角。

谢灵怕惊动到房间里的陆远安，只能够夸张地做着口型——没事的，我们走。

这六个字，在青减的脑子里面过了一下。

还没有等她反应过来，就已经被谢灵强行拖拽进了房间。

她自出生以来的头一次失眠，在这个晚上。

青减躺在床上，任由连打了五个哈欠的谢灵在进入梦乡后像是树袋熊一样地挂在了她的身上，而目光则是忍不住看向了并未拉帘子的窗外。

她的指尖上尚且残留着少年夺盆时的余温。

青春期的女孩儿，心思细密得像是江南云锦机下的针脚，一线一丝都缠得无比紧实，看似错乱，通经断纬却又有迹可循。

这一晚的她已经隐隐约约地意识到很多东西变得不一样了。

只是，她并不知道，往后十余年的颠沛流离，你追我赶乃至打断了牙和血吞的刻骨纠缠，追根溯源，都跟这一天有关。

第二章

那些年

那些青春里有过的争执，最终都会化为轻飘飘的一句"为你好"。

很多年后想想，他们也并不否认那种好。

只是，似是而非的年纪，如果什么都不做，未免太过窝囊。

01.

那件事情发生后，在陆远安喋喋不休的唠叨声中，青减在陆家安生了好久。

由于不喜欢欠别人人情以及过度的泾渭分明，在开学初，青减把自己从老家带来的一个玻璃制品托江轻让沈绝送给了陆嵘铮。

那是一个胖乎乎的，长得极其像个海狮的玩意儿。

江淮那边的人管它叫江豚。

南方多水，不管是南淮还是广陵都爱江、爱河。青减是被姥姥带大的，她姥姥曾经是长江上的渔民，笃信江上有神明，而神明有来使，这个来使就是江豚，护人平安。

青减从小到大的愿望就是看一次江豚，只不过碍于种种原因并没有实现。

十岁的时候，她的舅舅倒是送了她一个玻璃制的小江豚，告诉她，它可以护她一生喜乐。她视它若珍宝，后来家里遭遇变故，她孑然一身，剩下的就只有它，碰巧又想表达对陆嵘铮的谢意，便干脆把它给送出去。

这是她能做到的最大限度的善意，陆嵘铮不是个傻子，既然默不作声地接受了，也就意味着两人的关系开始融冰。

高一的下学期，课业变得格外重。

江苏省的高考在前两年又换了一种方式，从九门总分制换成了"三加二"，看似学科的缩水实则对学生们的要求更为高，而池容成日里念叨着的分科压力更是让一向活跃的班级变得死气沉沉。

哪怕是下课，除了上厕所、打水，基本上大家都不会离开位置。

江轻说，透过窗户看到被铁栏杆封锁的学校后墙，她几乎已经能够看到她在渐渐消亡的青春，而他们的命运就像是学校里野蛮生长的草，任凭你长势多好，都得随着园丁的剪刀走。

而沈绝却说，他觉得自己会提前养三年的老，等到三年后出去便是一个属于他自己的世界。

他们时常就这个话题在大马路上争论不休。

每每此时，孟青减都会说一句"众生眼里看众生，众生看到的众生皆不同"来结束他们的争吵。

这是青减小时候她姥姥的常用语句，她听多了也就背下了。

说着无心，听者有意。沈绝上学期跟青减的关系并不大好，但

眼见着自己的朋友圈子少不了这位，也想跟她缓和缓和关系，因为这句话认定了她是个有佛缘的人。

于是乎，在五月下旬安排跟陆嵘铮、谢灵他们的春游事项的时候，特地把地点定在了观音山，并且强行要拉着青减一起去。

青减不习惯热闹，本不愿意去，可沈绝偏偏当着陆嵘铮、谢灵和江轻的面，左一个"孟小妹"，右一个"孟小妹妹"地叫她，她听得实在是起鸡皮疙瘩，为了不让他继续刺激自己，就勉勉强强地点了个头。

观音山地处南淮的北边，是座小野山，寺庙在山顶之上，山路崎岖得要命且陡峭。

南淮大大小小的寺庙不少，沈绝选这里其实还有一个原因就是他奶奶说过观音山爬起来比较有劲儿。

他是个爱挑战的男孩子，上了山以后就像是个脱缰的野马一样，还真是特精神。

"你能不能慢着点儿，这要是摔下去了，谁给你收尸？"

江轻看不惯他那蹦高样儿，拿着一块石头跟在他的后面对着他的屁股猛砸。

"哎哟！"

"江轻，你这娘们儿能不能温柔点，看看人家谢灵，还有孟小妹子，原本端庄的仍在端庄，不端庄的也在端庄，你就不能学着点儿！"

沈绝捂着屁股，惊慌地频频回头，抓住前方陆嵘铮的胳膊，想找个依靠，嘴上却丝毫不饶人。

"你这一句话拐着弯地骂了两个人，快滚开，别拉我下水。"

他薄情的队友似乎也并不愿意接纳他，一个转身就躲开了他的触碰。

沈绝见找援手无望，又不能真的在这个山坡上追追打打，便立即采用了怀柔战术，乖乖巧巧的不蹦高了，特地把屁股往江轻的方向一撅。

"你再砸我，我就放个屁给你！"

少年巴巴地瞅了一眼自家小青梅，耍无赖的样儿尽显。

江轻举起石头的手愣是停在了半空中没砸下去，她红着脸咬牙痛骂了一句："沈绝，你这流氓，我要再理你，我就是猪八戒他二姨奶奶！"然后，冷哼了一声，就钻到了青减和谢灵的中间，开始找安慰。

沈绝站直了身子，悻悻地摸了摸脑袋。

他想说，从小到大，每次吵架，"猪八戒他二姨奶奶"这话她都用了八百回了，其实她早就是了。

但想了想，他还是不敢说，这万一说了，他估摸着江轻就真的不理他了。毕竟，谁会承认自己是猪八戒的二姨奶奶呢？

思及此，他还是按照往常吵架的经验，笑眯眯地回头立马认了个错："别啊，我不跟你闹了，我是猪八戒本人，还不成吗？"一面说着，还一面乖巧地扮了个猪脸。

江轻虽然气鼓鼓，但见他态度还算好，冷哼了一声，懒得再闹。

他们选的这条路，不仅陡还挺长。

五个人走了整整一个上午，才勉勉强强地到达半山腰。

暮春时节的阳光毒辣得很，他们虽然一路走一路笑，也遮不住

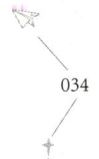

身体的疲惫。

尤其是青减，她打出生开始，就没走过这么多路，对于山的记忆还停留在他们老家小区附近公园的假山上，越往上走就越体力不支，脑袋也有些眩晕。

她的存在感向来不强，慢慢地也就落在了后面。

观音山的路左一个拐角右一个拐角，跟丢是很正常的事儿。陆嵘铮走在最前面先去山顶买水，其他三个的反应又很迟钝，一直到了寺庙前，沈绝发现陆嵘铮看他们的眼神不大对，才知道出大事儿了。

"孟小妹妹呢？"

"你问我？"将手里面的饮料狠狠地砸进沈绝手里，陆嵘铮的脸色特不好看，已是带着隐而不显的怒气了。

谢灵跟江轻对视了一眼，没敢说话。

陆嵘铮的目光死盯着山下的方向看了半晌，观音山游人不多，按理说青减的速度要是稍微正常一点，也该走到他能看到的方向了。

这要是没走到，该不会是出了什么事儿？

"阿铮，这孟小妹妹要是摔下山去，我会不会被你妈扔下去陪葬？"耳边是小沈同学弱弱的声音。

"滚。有多远就滚多远！"

陆嵘铮墨黑的长眉拧得死死的，不再说别的，拿了自己的外套就往山下走。

沈绝委屈地抱紧了江轻的胳膊。

江轻最受不了沈绝这个软弱劲儿，下意识地就要扯开他，可一低头，却发现，他一双桃花眼已经肿得跟个核桃似的了。

"你哭什么？"江轻问。

"阿铮吼我！他为了一个女的吼我！"

江轻："……"

02.

孟青减被陆嵘铮找到的时候，正蹲在一个小山洞里拼命地呕吐着，她脸色惨白，身子发虚，抱着膝盖的样子特像池容说的红楼里的林黛玉。

她的旁边站着一个尼姑，粗布麻衣的装扮，嘴里不停地念叨着："姑娘，你的命不好，你的命是真的不好……"

那姑子像是已经说了很久的模样，从陆嵘铮一个旁观者的角度可以看出来，青减是明摆着不想再听她讲话，始终倔强地用背对着她。

南淮是个小城，和尚、尼姑真真假假是鱼龙混杂。

先不谈此刻青减有没有那个力气跟她说话，就说说这一张口就是"姑娘，你的命不好"，青减就肯定不愿意搭理她。

在陆家待了一年，青减虽平日里待其他人还算柔和，但陆嵘铮跟她交锋了那么多次，打心眼里清楚，这也不是一盏省油的灯，能就这么憋屈地听一个不知真假的姑子念念叨叨，也算是她难得吃了瘪。

他找她找了很久，就连找不到她之后回去被自家母亲打死的准备都做好了，本是窝了一肚子火气，但看到她这个样子，气顿时就消了。

他随意地抹了一把额头上的汗，斜靠在山壁旁，看着她们也不

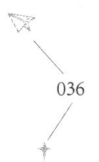

出声，也不阻拦，就那么静静地看着。

像是在歇息。

也像是在看一场重复着台词的好戏。

青减从听到脚步声开始就知道是陆嵘铮来了，她吐得昏天黑地，却也不愿意在他的面前失了面子。

强撑着一口气站了起来，她扶住墙，问姑子："我知道我命不好了，那您看，我的命还能好吗？如果不能好，那您就让我这么凑合过吧；如果能好，那您告诉我，该怎么变好，成不？"

那尼姑听了笑了笑，眼角的鱼尾纹尽显。

说来也是奇怪，青减没搭理她的时候，她一直絮絮叨叨地说着；可青减搭理她了，她却是一个转身，什么也不说，竟然就那么走了。

兴许是人骨子里面都对故弄玄虚的东西有一种敬畏之心。在那人还没有走远的时候，青减又在后面叫了她两声。

"阿姨？"

"大师？"

但无论青减怎么叫，那姑子都没有再回一次头。

她觉得懊恼，也不明白为什么那个姑子站在她的面前絮叨了这么久，却连一个问题都不愿意回应她，原本就不大好的心情更加糟到极点。

与此同时，胃里又是一阵翻涌，她扶着墙壁，扭过头去，又吐了起来。

她的身子虚浮得厉害，年初体测跑 800 米时的痛苦感觉卷土重来，她觉得自己就像是一条濒死的鱼。

陆嵘铮捏了捏疲惫的眉心，难以想象，这姑娘三分钟前还伶牙俐齿，三分钟后又软成了这个样子。

他觉得自己是上辈子造了孽，这辈子才会跟这么一个东西待在一个屋檐下。

他走上前去，将自己的黑色运动外套搭在她的身上。

他淡淡问："吐完了吗？"

她给自己顺了顺气，闷闷地点了点头后还不忘给自己找回点儿尊严："我只是高原反应，不是身子骨弱。"

陆嵘铮点了点头，难得没有反驳她，而是蹲了下来，然后背对着她。

"上来，我背你回家。"

他的声音很淡，也很沉，而这份低沉中还带着少年正处于变声期所特有的沙哑。

从青减的角度刚好可以将少年微微弯着的背的轮廓看得清清楚楚。他才十七岁，虽然棱角分明的面庞还尚且带着几分青涩，但透过肌肉的轮廓，宽阔的肩膀，已经可以看出男人的模样。

她望着他的背，没有趴上去，而是迟疑了片刻。

"你……"

也是巧，她思忖片刻，刚想说"你还是扶着我走吧"的时候，沈绝他们不知道从哪里冒了出来。

"减减，你是不是不舒服？刚好，让这小子将功补过来背你！"

青减还没有反应过来，江轻就突然把神色哀戚，但行动积极的沈绝给推到了她的面前。

"对，孟小妹妹，我来将功补过了！"

沈绝连声应了两句，然后也不管青减是不是乐意，就直接揽住

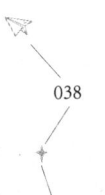

了她的膝盖。沈绝做事马虎，行为也粗暴，青减被他大力地扔到了背上后还没有准备好，就感觉沈绝跟跄了一下。他大概也没有考虑到一个几近成年的小姑娘的重量，在自己几近摔倒的时候就又立刻松了手。

"减减！"

伴随着谢灵和江轻的尖叫，沈绝倒是及时止损了，青减则是伤上加伤，以一个非常无辜的姿态磕到了额头。

这一年他们高一，正是学校里面流传着"为什么受伤的总是我"这句话的年纪。

青减觉得自己有点想哭。

但"女儿有泪不轻弹"，她觉得自己在这种情况下哭挺窝囊的，吸了吸鼻子，她又强行把眼泪给憋了回去，最后兜了一个大圈子，还是陆嵘铮背的她。

那是她第一次趴在一个男生的背上，她的手臂环在他的脖子上，由于靠得极近，她甚至还能够闻到他身上淡淡的肥皂香气。

也就是那么一瞬间，她突然想，为什么她的父母没能给她留下一个亲哥哥？

可是，转念又一想，如果她真的有一个亲哥哥，那么如今或许便不会遇到待她如同亲生女儿的陆远安，更不会遇到像陆嵘铮一样的人。

原来，人生的际遇真的是冥冥之中早已注定。

她虽然真的如那个姑子所说命不好，但未必就真的那么不幸。

她这样想着想着，只觉得眼皮有点重，然后就昏昏沉沉地睡了过去。

青减醒来的时候已经是傍晚了，晚霞烧红了半边天。

那时候陆嵘铮半只脚才刚刚踏进家门，她趴在他的背上，是被客厅里传来的骂声和哭声给吓醒的。

"这个死孩子，平时一直在我们面前装乖巧，没想到会这个样子……"

"别人都知道学文化课才是正经，她的主科也不差，竟然敢瞒着我们报艺术班……"

"老谢，等会儿她回来了，你不准对她客气！"

女人的骂声中夹杂着男人怒气冲冲的声音，青减迷糊地睁开眼睛，被背进客厅的时候，就看见谢父那一张严肃的国字脸拉得老长，而谢母则是一双眼睛都哭肿了。

谢灵站在门口，脸色一下子变得煞白。

而还没有等在场的其他人反应过来，谢父已经扬起手一个箭步冲了上来。

03.

"叔叔，有话好好说，别动手。"

就在谢父的巴掌要落在谢灵脸上的时候，陆嵘铮已经眼疾手快地将青减从背上放了下来，他挡在谢灵的面前，单手攥住了谢父的手腕。

"陆嵘铮！"

站在一旁一直没出声的陆远安陡然开口，面色不佳地在自家儿

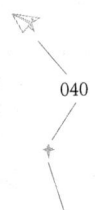

子的胳膊上掐了一把。

"谁教你对长辈不敬的？你跟减减两个人都给我滚回房间反省去，现在才回来还搞得这副狼狈样！回房间去！"

她推搡了自家儿子一下，可陆嵘铮就是不动，护在谢灵的面前。

谢父原本就已满是怒气的脸色变得更加不好看了。这个年龄段的大人大部分都有一个通病，当自家原本乖巧的孩子突然变得不乖巧的时候，他就会下意识地觉得是跟自己孩子一起玩的那个孩子带坏了她。而这一刻，在谢父的眼里，那个带坏谢灵的人很明显就是陆嵘铮了。

"好好说？我为谢灵从小有你这样的朋友感到愤怒！你先管好你自己吧，背着自己的妹妹进家门，像个什么样子！一个没有体统的孩子，竟然还来教育我？"

谢父冷哼了两声，似乎全然把先前自己在忙的时候将女儿寄住在人家家里的事情忘光，只一味地用他古旧的思想进行反击。

谢母也在一旁附和："就是，就是。"

自打这夫妻俩进来，陆远安就端茶倒水忙前忙后。论理别人家的事情她不该管，但谢父说出这话，让她也一下子窝了一肚子火。

整个客厅都弥漫着浓重的火药味儿。

江轻和沈绝见情形不对立即就溜了。

而没等大人们先吵起来，还没吭过声的谢灵就对着她爸妈哭吼了起来："我不过就是想要学音乐怎么了？我就是不想学文化课，不想走普通高考的路不行吗？你们总对我说千军万马过独木桥，我不想过那个独木桥，不行吗？你们从来都没有问过我的想法，就知道说我！我是人，不是你们买来摆布的洋娃娃！"

她指着他们，一边说，一边哭。

在把所有想要发泄的发泄完后，她一抹脸，就飞奔了出去。

谢父和谢母觉得在别人家里丢了人，拿了自己的包，双双骂了一句"家门不幸"也都愤愤地离开了陆家。

一场闹剧算是告一段落。

孟青减看得是一愣一愣的，却见陆嵘铮突然走到了沙发旁，打开电视，像是什么都没有发生似的看起了《法治在线》。

陆远安也是，除了关上门后坐在椅子上狂喝了好几口水之后，几乎也没有其他的过激表现。

他们母子俩都属于那种怒到极致反而会越冷静的类型，青减先前趴在陆嵘铮的背上睡了两三个小时，头也不晕了，脚也不软了。只是此时此刻，她站在沙发旁边，突然就不知道该怎么办了。

狭小的空间里静得连根针掉在地上的声音都能听到。

她觉得自己现在回房间不大好，便也挪到了沙发上，虚无地盯着电视机。

时间一分一秒地过去。

就在青减觉得如坐针毡的时候，陆远安进了一趟房间又出来了，只是手里面多了一瓶医用酒精和棉球。

她是个直脾气，但也是个慈母，嘴里虽然说着"以后你们出去弄成这个样子，看我不打断你们的腿"，手上给青减用酒精擦额头的动作却格外轻柔。

别人家的孩子再怎么样，她陆远安管不着，但自己养的孩子她见不得他们受一点委屈。

"减减，今天谢灵她爸说的话，你和铮哥儿都不要放在心上。

哥哥妹妹只是个称呼，你在这个屋檐下，铮哥儿合该保护你。"

陆远安碎碎念叨着，但一字一顿的说话方式清晰地体现出了她对谢父所说的话的不满。

先前孟青减以为陆远安生气是因为谢父过于不礼貌的态度，直到这一刻，她看着陆远安，才明白，真正困扰人的是流言。

青春懵懂年纪的男孩子和女孩子同住在一个屋檐下，还并没有任何的血缘关系，本来就是会引人非议的。

并不是今天谢父的这一番话牵出了陆远安的愁肠，而是自从陆远安收养她开始，来自外界的荒唐揣测就不曾断过。

南淮是江南小城，民风甚是淳朴，但你不可能要求每一个人都心思单纯，不怀恶意。

青减深吸了一口气，在听到陆远安这句话的时候，不知道为什么心猛然就"突突突"地跳个不停。

她觉得自己有点愧疚和心虚，但是怎么也说不出这种愧疚和心虚来自哪里。

也是脑袋一热，她突然就紧紧地抱住了陆远安。

"陆姨，我以后一定会注意分寸的，一定不给您惹事，一定……"她也变得絮叨了起来。

只是第三个一定还没有说完，她就被本来还挺平静的陆姨一把推开了。

"你不需要注意分寸，而且，减减，你也没有给我惹过事儿。我跟你说这个，只是为了告诉你，孟家的女儿不需要被流言蜚语吓住。"陆远安觉得自己说得过于文绉绉，可能她亲爱的养女不大懂，临了又特慈爱地加了一句，"我不怕你们俩怎么样，而且，你们又不是亲兄妹，我没有办收养手续……"

"妈！"

她越说越离谱了，青减的神情渐渐诧异，而陆嵘铮则是及时打断了她。

"好了，我去做饭了。"

陆远安似乎也觉得自己的话有些离谱了，连忙收住，飞快地往厨房走去，一张俏丽的脸上多了两朵引人遐思的红云。

04.

一场风波之后，孟青减本来以为谢灵的事情还会再掀起些水花，但令人惊奇的是，什么都没有再发生。

大家好像遗忘了那件事情一样，照常吃饭，照常上学。

沈绝说，谢灵她爸就是这样，管得严，希望自己的闺女什么都听自己的，这种事情很常见。

而江轻则说，乖乖女的家庭都是这样。

家家都有本难念的经，这也是陆远安常常挂在嘴上的话。

六月中旬，是高一整个学期学生最忙的时候。陆嵘铮和青减的选科都没有什么可以质疑的，全校最优秀的两个孩子，毫无例外地选了理科。

也是巧得很。

就在这一年，苏律拿到了振北公安大学夏令营的两个名额，只

要是在期末考试获得第一名的，就可以拥有名额。

参加夏令营后，如果表现好，在高三时可以直接拿到振北警校的自主招生的资格。

振北公安大学。

那是青减她爸妈的母校，也是她心心念念一心要考的大学。为了这次考试，她几乎拼尽了全力。

可世间的事情，就是这样。

你越是想要得到的，就越是得不到。

三十号的时候，期末考试的成绩放出来，第一名不是青减，也不是陆嵘铮，而是普通班一直挺浑的小富二代，叫温如瑾。

据说他平时也不是很用功，可就是文章写得好，这次期末考试的语文作文阴错阳差地拿了个市里第一，总分一下子也就上去了。

这让全校所有的老师都震惊了一把。

分数确确实实是人家自己考出来的，青减心里发闷，却也只得作罢，只是从此记住了这个名字。

南淮的暑期来得很快，但也很短。

拿到成绩单之后，老师便让他们回去休息了。

这个假期只有两个星期，要升高二了，学生的压力大，学校的压力也大。所以，尽管上面的红头文件写着不能补课，但上有政策，下有对策，高一年级还是生生被学校拆成了二十四个以班级为整体的部分被分散到了各个地方。

有租小区地下室的，有借富有学生家里的空房子的，也有直接租酒店宴会厅的。

一千多个家长还签字画押写了一份自愿让孩子辅导的协议，并且每天每个班都得派五个家属在各自的辅导领域旁听。

美其名曰，这补课，跟学校没有半点儿关系。

陆远安的工作性质特殊，根本没有那么多的时间到他们各自的班级里面去蹭课，本一直想着要跟他们商量能不能不去旁听的，但因为青减没考到第一后心情一直低落，所以没能找到时间说。

却不承想，就在她焦头烂额的时候，家里正好就来了个能够解决他们燃眉之急的不速之客。

这个不速之客，不是别人，正是孟青减的亲舅舅——孟月朗。

陆远安还记得，2009 年的那个夏天，她就是从这个男人的手里接走的青减。

浓密的远山眉，薄唇，两颊瘦而无肉，那是她去祭拜孟凡和傅征的时候看到过的最清寡的一张孟家人的脸。

"我把减减交给您，但不是不要回来的。"

半带着稚气的青年，一字一句掷地有声。

时隔一年，还是那样的一张脸，只是换了个场景，不是在葬礼上，也没各路英雄好汉的啼哭声，青年换上了笔挺的西装，坐在客厅里，说的还是同样的一句话。

"我把减减交给您，但不是不要回来的。"

"我知道。"

陆远安站在他的面前，像是一个木偶一样，佝偻着腰，机械地点着头。

"这世上，没有一个犯了罪的人，是配在受害者家属的面前坐

着的。"

遥控器调到法治栏目，当主持人义愤填膺地说出这句话的时候，孟月朗的手指骨节青了几分，而陆远安的脸色则是瞬间煞白。

这世上总有未见天日，甚至连证据都找不到的事情，但这世上也总有一种冥冥之中的牵引。

当你的家人被伤害……

当你感受到了痛苦……

当你看到那个伤害你的人的时候，你们之间会产生一种磁场，她不说，你不问，但你就是能猜到与她有关。

孟月朗深吸了一口气，按掉了遥控器的关机键，眸色渐渐变得深沉起来，但只是片刻，又拿起先前陆远安给他倒的那杯水轻轻地笑了起来。

"陆姨，减减在您这儿，也是给您添麻烦了。后面两年，还麻烦您照料，这钱，您先拿着。"

他从包里拿出一张卡递过去。

陆远安摇头，又推回去："我跟减减也是有缘，这钱我不要的。"

孟月朗没接，只是突然往后仰了一下，声音低沉："我这两年一直在香港地区做生意，那边很讲风水。我听闻世上有缘法分两种，一种是善缘，一种是用来弥补的化冤亲债主的缘，不知您和减减是哪种？"

"我……"

陆远安眼里隐隐有泪，她想要开口为自己辩驳些什么，但细细想来，又无处可辩驳，便又将满腹的话给塞了回去，最后，只剩下了一句："减减她舅，不管我们这一辈有什么恩怨，我们都是为了减减好，有些问题，有些话，您大可日后再说。"

孟月朗点了点头，站了起来。

君子报仇十年不晚，街头匹夫尚且知晓的道理，他一个自诩高学历，如今在生意场上也算是叱咤风云的人怎会不明白。

要是陆远安不提，他还真是差点忘了此番他是来做什么的。

"陆姨，您说得对，有些话，我是可以以后再说。只是，我今天来，主要是知道减减选科了，听说她选的是理科，我不同意。"

他的薄唇微微抿起，似乎是早有准备，一张新的分科表已经被他用手指轻轻地敲在了茶几上。

"让她选文科。以减减的成绩将来报考香港中文大学不成问题，两年后，我要来这里，把她风风光光地带走。"

青年身上有一种说不清的盛气凌人的气势。

一字一句，咄咄逼人。

陆远安从警二十年，从边境缉毒开始，到如今在这个小城的派出所处理各种杂事，也算是阅人无数，但从来没有见过一个像孟月朗这样极度自负、极度冷冽的人。

他跟孟凡分明是一母同胞，性子却是天壤之别。

更重要的是，他凭什么觉得他可以左右一个孩子的人生？

她想要跟他大吵，想要问问他，如果孟凡和傅征在，会让他这么以减减唯一亲人的身份胡来吗？

但是，她忍住了。

孟月朗来的时候是带了行李的，看样子也是做好了要在这里长线劝减减改分科的打算。陆远安想到前几天所里说有个去省厅出差的机会，可以去一个月，有些人，既然惹不起那就只能够选择躲。

她不想跟当年两个并肩战斗过的战友的弟弟争吵，也就只好选择忍让。

随意地敷衍了他几句，帮他把行李搬进了家里，陆远安就直接借着所里还有事儿的名头出去了。

而这一去，整整一个七月和八月，孟青减和陆嵘铮就再也没有见过她。

05.

陆远安走了，去出差了。

她走得匆匆，连行李都没有收，只是一通电话打回家告诉陆嵘铮要让着减减，她过段时间就回来，就再也没有音信。

后来的那两个月，青减和陆嵘铮都是在孟小舅舅的照料下过的。

孟月朗厨艺很好，尤其是粤菜，什么烤乳鸽、肠粉，都不在话下。

沈绝偶尔一次来蹭了饭，觉得很巴适(此处为正宗、地道的意思)，之后的每周六都必定要带着江轻来。他们大快朵颐，吃得香甜，青减却每每都没有胃口，挑挑拣拣半天最终还是吃回了白饭。

也正因此，孟月朗来了一个月，沈绝和江轻胖了一圈，而青减整整掉了十斤肉。

最后还是沉寂了一个月的陆嵘铮实在看不下去，挑了一个因为狂风暴雨而提前下课的傍晚找了个竞赛得了一等奖的理由带她去下了次馆子，扬言要请她吃顿好的。

其实，也就是两份扬州炒饭。

青减是淮扬人，口味一直过分清淡，她是宁可每天吃水煮干丝，也不想在她舅舅那华而不实的菜里遨游的。

这一点，陆嵘铮看了出来，偏偏孟月朗不知道。

他们的舅甥情分实在是太过淡薄，淡薄到在见到孟月朗的第一眼，陆嵘铮就知道，这个青年和青减虽有着世上最亲的血缘，却是两个路子的人。

一个是最纯粹的商人，习惯了无所不用其极。

一个是最迂腐的女孩儿，一根筋到死。

这两个人，如果不是因为他们共同的亲人离世，怕是这辈子都会保持着最生疏的亲情，到老，到终。

互不干扰，也互不相知。

"其实，在来南淮之前，我一直以为自己会很想家，很想回扬州，可是当小舅来了，我觉得还不如不见。"

吃到一半的时候，青减百无聊赖地用筷子戳了戳面前的米饭："他以为他不说我就不知道，但其实我比谁都清楚，他来这儿不过就是想劝我改分科。"

她声音发闷，眼睑微微低垂。一个月了，其实她比谁都清楚孟月朗想要的是什么。

当年从老家走的时候，她就被孟月朗逼着在垂危的姥姥面前发过誓，这辈子不考公安大学，永不入警校。

那时候她无心欺骗临终之人，但也觉得人生该自己做主。

原本以为这到了南淮，后面的事情孟月朗就再也管不着了，却不料，他竟生生地从香港到这里来，千里迢迢，也不过就是为了让她变成一个文科生，彻底断了她从警的路。

她觉得自己跟孟月朗就是前世有仇，他不懂她，却偏偏管着她。

想到这里，她的脑壳不免有些疼。

她郁郁寡欢的样子，就像是一根缺水的秧苗。

她鲜有这样拿人没办法的时候，陆嵘铮盯着她看了半晌，不生同情，反倒觉得有几分好笑。

"想不到，你竟然也有怕的人。"他往后仰了仰，眉头微微一拢，说不清是嘲是讽。

"不是怕，我只是没办法。"青减反驳的同时，不动声色地将盘子里的最后一勺饭送进了嘴里。

关于她舅舅的事儿说出来心里就好多了，至于深究到怕不怕的，她觉得没有意义。

"你不想谈，我们就换个话题。"

陆嵘铮也不为难她，知道她想倾吐的都倾吐尽了，便眯着眼睛指了指自己面前还没有吃完的那卖相普通的蛋炒饭。

"来，告诉我，为什么你们扬州的炒饭跟我妈的蛋炒饭是一样的？"

他一般闲聊时不问问题，一问问题就会问到关键点上。

青减"呃"了半天，在扬州待了十几年，其实她自己也没能弄明白，灌汤蟹黄包、氽水长鱼面、高邮董糖、宝应藕粉圆子，诸如此类好吃的东西这么多，怎么就一个炒饭出了名？

"我不知道，其实，我觉得扬州炒饭就是蛋炒饭。"她乖乖巧巧地答，说话的语调里也带了一些困惑。

陆嵘铮见青减这么真诚的模样，冷不丁扯了一下嘴角，这姑娘真的是有些迂的。

也就是那么一瞬间，他突然就起了逗弄她的心思："那你说几句家乡话听听？"

小饭馆里的灯光和暖，陆嵘铮同她讲这话的时候，漆黑的瞳眸里似有点点星火。

他们的旁边是几桌满是叼着香烟，喝着酒，脱光了上衣敞着胸怀聊天的粗犷男人，小孟同学酒足饭饱，在听到他这话后，毫不吝啬地就甩了他一句——

"乖乖隆地洞，韭菜炒大葱。"

她离开扬州很久了，偶尔说起方言的时候，带着外地人才有的干涩音。

陆嵘铮自然听得出来，却没有拆穿她的方言不精，只是往后靠在椅背上，笑道："那这家乡话是什么意思呢？"

是什么意思？

兴许是大人为了哄孩童编出的调子，也兴许只是一句再普通不过的俗语。

她耸了耸肩，以承认自己的一无所知，拿着餐巾纸擦了一下油腻腻的嘴巴后，突然记起今天上课的时候数学老师给他们讲了一道让她觉得很迷糊的题，就干脆拿了出来，在饭桌前跟陆嵘铮讨论了起来。

一顿饭，吃得简单而又快速，而讨论题目，却是耗了不少时间。

饶是孟青减比一般的学生要聪明，但即将步入高二，面对纯理科的题目还是有些吃不消。

拿手里这道正十六面体的根号题举例，看着吓人，其实跟正六面体大同小异，但青减就是怎么都想不明白，最后还是陆嵘铮耐着性子给她列了五种解题方法，她看着最后一种，才渐渐地清晰些。

时间过得很快。

光讲解一道题，就用了整整一个小时。

"八点之前，你们得回家。"晚上七点半的时候，孟月朗打了两个电话来催，他们都一一应下。

最后一通电话打来的时候，其实也刚好是题目讲完的时候，青减听了半天，只觉得脑子都要炸了，原本关于家庭纠纷的满腔抑郁最后都化为了读不懂题的悲愤。

把试卷收进了书包里面，她觉得着急上火让她有些口干舌燥，所以在临走之前，没带钱的她特地跟陆嵘铮借了四块钱去柜台拿了一瓶可乐。

小饭馆里灯光昏黄。

柜台离他们的座位有点远，要绕个弯儿。

陆嵘铮就站在青减原本的座位旁等她，不知何处安放的目光也是巧得很，刚好就落在了她原本坐的椅子上。

斑斑的红色落在其上。

一贯泰山崩于顶都沉稳淡定的陆嵘铮的眼睛霎时间就眯了起来。

他的脑子里面仿佛有千万个小蜜蜂在嗡嗡地转着，"轰"的一声，一下子就炸开了。

而不到两米处，拿到了可乐的青减正兴奋地向他招手，示意他跟她一起出门去。

他的目光从她脸上灿烂的笑容一步步地移到她穿的白裤子上。

"这么冷的天，你怎么穿这么少？你不冷？"

"冷？这是八月，怎么会冷？"

眼见着陆嵘铮突然殷勤得像是电视剧里面的男主角一样脱下了身上的外套，她忍不住向他投以一个看神经病的眼神，并且抗议："我不穿……不是，你围在我腰上干吗？陆嵘铮，你……"

"闭嘴！"

他皱了皱眉头，将外套稳稳当当地在她的腰上打了两个看似稳固的结之后，直接像是扔小鸡一样把她提溜出了小饭馆。

青减记得，刚刚他们的聊天和讨论都还算愉快，她不明白怎么他突然就以这样粗暴的方式把自己给拎了出来。

鉴于以往针锋相对的场景实在是过多，他们原本也不适应温情，她便只当陆嵘铮是突然哪根筋不对，想了法子要捉弄她，便站在街角，固执地去解那结。

"你休想趁陆姨不在欺负我。"她闷声道。

可也就是这么一句话，霎时间就将陆嵘铮的火气挑起来了。

"我欺负你什么了？"

他强压着火气，也是被气得不轻，一边冷笑着点头反问，一边向她逼近："我是趁着我妈不在，真跟你动手了，还是把你扫地出门了？你倒是说说看。"

青减下意识地往后面退了两步，不说话了。

她回忆起自己跟陆嵘铮最开始相处的状态，明明第一眼她是欣赏他的，可后面，为什么他们总是会有剑拔弩张的时候呢？

仔细想想，她终于找到了理由。

那就是他认真起来的样子太像孟月朗了，一样的冷冽，一样的要么不说话，一说话就咄咄逼人、分毫不让。

尽管如今陆嵘铮才十六岁，尚且是少年，但她透过他渐趋男人的棱角、神情，几乎都可以猜测到他日后的模样。

"你再这个样子，将来就是下一个孟月朗！"

她抬头，手上的动作不停，冷不丁喊出的这一声算是她这个年纪所能够吐出的最为恶毒的诅咒。

正所谓"狗咬吕洞宾，不识好人心"，陆嵘铮今天才知道是什么意思。

他不想跟她就自己会不会成为下一个孟月朗的事情深究下去，修长的手指抚了抚疲惫的眉心。

"你解吧，你解了之后要是敢再系上，我回去就把你房间里面贴的夏洛克的照片都换成海绵宝宝。"

他的话说得并不重，大有你敢就试试的意思。

但在孟青减的耳朵里，就像是穿堂风，一晃而过。

傍晚八点的街道，时而有背着书包补完课的小学生在打闹。

红领巾伴着孩子们的笑声在晚风中兜兜转转，随着那落叶扬起复又落下。

青减专注于去解衣服的结，清凉的风吹到她穿着中袖的洁白的手臂上，细细密密的鸡皮疙瘩出了整整一胳膊。

她有些发闷地想，这天气还真是有些凉。

也就是在这时候，她的耳边除了落叶落地的唰唰声，孩子们的笑声以外，还多了一个细小得如同蚊蚋的声音——

"你看，那个姐姐的衣摆掀起的地方是不是有血……"

饶是这句话极其小声，也被青减精准地捕捉到了。

她猛地抬起头，望着神色复杂的陆嵘铮，只觉得双颊一下子变得滚烫。

纵然八月的晚风带了丝丝的凉意，青减也只觉得一颗心扑通扑通跳得厉害，恨不得立刻把自己的脑袋给埋进泥土里。

丢人。

彻头彻尾地丢人。

她像是一只鸵鸟一样，满面羞惭。

后面的路，从小饭馆到家，一共两千米，她咬着唇，愣是一句话都没有再说。

就连回家看到了正坐在沙发上等他们的孟月朗，她也一句舅舅都没有叫，就愤愤地回到了房间，关上了门。

孟月朗觉得奇怪，"欸"了一声，转头看见她裤子上的血迹和陆嵘铮复杂的脸色的时候，就霎时间明白了。

06.

张爱玲说：生命是一袭华美的袍，上面爬满了虱子。

资本家的操作，永远有着让人瞠目结舌的本事。当青减因为各种青春羞惭的少女心事堆积，早起后拥有了一双大大的黑眼圈的第二天，孟月朗就为她找来了一个保姆。

"你有很多事情，舅舅帮不了你，这就是你的人生导师。"

饭桌上，孟月朗一本正经地介绍着一旁看起来宽和而又温柔的

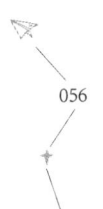

中年妇女张嫂，当她用一口利落的东北话叫出"小姐好"的时候，青减惊得直接从饭桌上站了起来。

她连连摆手，以表示不需要，却最终被孟月朗强硬的一声"我这是为你好"给噎得哑口无言。

大人们总是这样，习惯性地说出"为你好"这三个字。当他的孩子足够懂事，便会无条件地妥协在这三个字之下。

很多年以后，当青减因为小事一次次让步，到后来孟月朗变本加厉地企图控制她的人生，最终使得她走上一条这辈子再也不想走第二次甚至生不如死的路的时候，她曾经在北京的月色下，在陆嵘铮冰冷的质问下，想过是什么害了她。

她左思右想，百思不得其解，最终把目光放在了这一年，这个"为你好"三个字刚出现的时候。

只不过，那些想法，都已经是后话了。

十六岁的孟青减不会知道二十三岁的孟青减曾做过怎样的选择，二十三岁的孟青减也不会回忆起十六岁那一年自己在接受"为你好"这三个字的心情。

只是，有一点从未改变。

那就是不管是后来还是现在，她从不否认，那是一种爱。

一种足够沉甸甸，让她甚至觉得是负重前行的爱。

她不愿意反驳孟月朗，但也不愿意对他说感谢的话。

所以，饭没有吃完，她就闷闷地回到卧室里面开始捂着耳朵一遍一遍地背数学公式。

"$x^2/a^2+y^2/b^2=1$，$C^2=a^2+b^2$……"

她怒气略足，背公式的声音大，穿透力也就强。

孟月朗吃完饭后就带着张嫂去家政公司办手续了。

陆嵘铮习惯了她这种大人挑剔不出任何毛病的泄愤，拿着床毛巾被盖着肚子就躺在沙发上像是什么都没有听见一样，就睡下了。

渐渐地，青减背公式的声音也越来越弱，最终转为同样匀速的呼吸声。

这是盛夏的午后，老式的电风扇在顶上"呼呼"地转着，一切都显得那么平静，而平静之中又带了几分说不出的和谐。

兴许是周一到周五的补课奔波，让人都太累了。这两孩子从下午一点竟是生生睡到了下午六点。

而最后打破他们梦境的，不是孟月朗，也不是张嫂，而是一阵急促的敲门声。

"开门！陆嵘铮，孟青减，你们俩给我开门！"

是沈绝的声音。

陆嵘铮皱着眉头从沙发上起来，他觉得自己没睡够，被吵醒了心情很不好，打开门看到沈绝那张贱兮兮的脸的时候，就窝火地一脚踹了上去。

"怎么回事？"

"不是我！"沈绝委屈地大吼，浓眉一挑，半边身子侧过去，留出一个空隙来。

"谢灵？"

陆嵘铮的眉头锁得更紧。

也就是这时候，青减也醒了。她在睡梦中听见有人敲门，又听

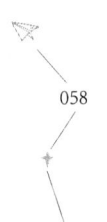

见陆嵘铮在叫谢灵的名字，便穿着睡衣就出来了。

"谢灵在哪儿呢？"

她揉着惺忪的双眼，没经过大脑就问出了这么一句话。

只听得"哇"的一声，沈绝背后那个穿得脏兮兮，头发也乱蓬蓬的姑娘，一下子就哭了出来。

那声音的分贝堪比孟姜女哭长城，那眼泪的流量堪比黄河水。

在场的所有人，困的、不困的，在那一声哀号后，都一个激灵，不约而同地保持了十万分的清醒。

客厅里的电视机被沈绝打开，湖南台又在播放《又见一帘幽梦》。

当费云帆厉声对绿萍说"你失去的不过是一条腿，而紫菱失去的是她的爱情啊"的时候，谢灵肿着如她核桃一般的眼睛，已经讲完了她的血泪史。

这中间的事情太过漫长，不是一两句能够说得清的。

唯一明了的是，谢灵已经一周没有去上学了，不仅没去上学，她还去了一趟北京。

说是一个唱作经纪人觉得她特有潜力，打电话给她去面试，承诺给她开一场演唱会，她也没跟家里商量，巴巴地就去了。

等到北京后，那人也确实不是个骗子，只是在谢灵到那儿之前，另一个有天赋的姑娘已经捷足先登了。最后，她又没钱住宾馆，就又满身狼狈地回来了。

还没上高二的小公主，梦想没实现，一鼻子灰倒是碰上了。

这搁谁，谁都得哭得惊天地，泣鬼神。

"不是我说，谢灵啊，这时候大家都没办法给你想，一条路，回家认错。"沈绝手枕在脑后，叹气。

他不说这话还好，一说，谢灵原本止住的情绪又开始止不住了。

"我当然知道要回家，可是我爸妈会打死我的。"

她豆大的眼泪落在裙摆上，每落一滴都会洇起大大的一圈，睫毛一颤一颤，让人生怜。

"我就不懂了，人家胆大的离家出走吧，你胆小的走个什么劲？"沈绝嘴上不停，鼻子里的轻哼却甚是无奈。

他们两个你一言我一语，原本安静且尴尬的气氛倒是没那么低沉了。

青春期离家出走的案例，算起来，从初中到高中，他们都听过不少。

但无外乎两种结果——

不回家，被找到了，打一顿。

回了家，自首，还是被打一顿。

青减记得，她年幼的时候，孟月朗也做过差不多的事情，倒腾了一堆海货不顾家人的阻拦去深圳卖，后来被人骗光了钱回来，被她姥爷吊在院子里的大槐树上打了整整三个小时。

推己及人。

她能够想象到，此刻谢灵的无助，但又想到了那天谢父对他们的态度，她本来想说可以让谢灵住在这儿的，但话到舌尖又是生生地憋了回去。

"现在你准备怎么办？"一直站在沙发前的陆嵘铮陡然开了口。

"我……"谢灵低着头，支吾了半天，最终委屈巴巴地抬起泪眼，从牙根处挤出四个字，"我不知道。"

她不是装柔弱，她是真的不知道。

陆嵘铮叹了一口气，原本是站着的，见她这副模样，只好蹲了下来。

"谢灵，你要知道，你必须知道。"

"可是……"

"没有可是，你知道你肯定要回家的，对不对？你去北京这件事情本身并没有做错，但不辞而别，'不辞'二字是错的。我们每个人都要为自己的所作所为承担后果，你难不成一辈子搁在我们这儿哭？"陆嵘铮淡淡地反问，可一字一句都露出不容置喙的坚决。

长久以来，在谢灵的生命里，陆嵘铮担当的角色都应该是像一个兄长一样，随时随地能够给她解决所有问题。

她习惯了把所有的事情都抛给他，而他也习惯了去接。

所以大难临头，当她害怕父母责难的时候，她也还是像以前一样把这个问题抛给了他。

但谢灵没有想到的是，兜兜转转，在这么一刻，陆嵘铮会把这个困难之球再重新还给她。

她想要大哭，想要大闹，更恨不得学着闹市里面泼妇的模样躺在地上不走，但在看到陆嵘铮极少凌厉起来的眼神的时候，最终怕了。她的眼泪在眼眶里面打着转，连落都不敢落，一抽一搭的，整张脸都憋得通红，只敢点头，和克制不住地捂着胸口打哭嗝。

青减先前就听说过谢灵的心脏不大好，也生怕在这种境况下，谢灵会出什么事儿，便下意识地递了杯水过去，想要给她顺顺气。

可戏剧性的一幕却发生了，在青减的手刚刚碰到谢灵的手的时候，谢灵就立刻死死地抓住了她。

"减……减……你摸，我……我心脏疼……"

谢灵突然像是抓住了救命稻草一样把青减的手放在了自己的心口上，一边说着，还一边红着眼深呼吸，并且，还没等青减出声，她就突然直接惨白着脸倒在了沙发上。

"这？"

"别理她，打小学舞蹈的时候顺便也学了点表演，惯的。"陆嵘铮冷笑了声，也不再走温情路线了，抄起桌子上的一个乒乓球就向沈绝砸了过去。

"找个绳子，她晕了，就绑回去。"他的声音很淡，是那种让人发慌的淡。

青减本不信他说的，都着手要打 120 了，却见谢灵突然一个翻身坐了起来，软软糯糯地垂下了胳膊，绝望地答："别，我回家。"

07.

"滚！我女儿变成现在这样，都是被你带坏的！她从小把你当哥哥，你就不知道教着点儿！"

谢灵家的门口，青减和沈绝在路灯下等着，房子里面传来的是谢父和谢母的低吼，骂自己孩子的话占少数，主要还是骂陆嵘铮的多。

引起众怒的父母，往往不会在自己身上找原因，而把条条框框都堆在别人身上。

"她父母怎么这样，骂人好难听啊。"昏黄的灯光下，青减斜靠在灯柱子旁，厌恶得直皱鼻子。

"唉，阿铮生在这样的家庭里，稍有点不对就会被人戳脊梁骨，

正常。"沈绝后仰着枕着脑袋，故作老成地叹了口气。

"什么叫这样的家庭？"

"还不是他爸的事儿。"沈绝顺嘴一答。

"他爸？"青减一下子就扭过头去，好奇地问，"他爸怎么了？"

沈绝狐疑地看了青减一眼，一句"你不……"刚出口，又立即像是想起了什么一样，立刻错开她的目光，然后摇头："没有，什么都没有。"

他心虚的眼神和肢体动作实在是过于明显。

饶是青减不想为难他，但也觉得就这么把这个话题糊弄过去了，显得太过愚蠢，便直接一个蹦跳到了他的面前，直勾勾地盯着他。

"你在骗我？我可是个立志要当警察的人，沈绝，坦白从宽，抗拒从严。"

她厉声道，但因为在没有不好的事情刺激她的情况下，说话过于温和，而遭到了沈绝的一个白眼。

"孟小妹妹，你不适合当警察。"他一本正经地摇头。

"很多人都这样说，但总有一天，我会证明我适合。"她不再色厉内荏，而是摊开手淡淡地回。

这世上哪里有什么适合不适合？

到头来不过是看你做得够不够好。

她的下巴稍稍扬起，目光笃定，本是要凝视远方来着，也就是这么一刹那的工夫，谢家院子的门突然被打开了。

"我们家再也不欢迎你！"

是谢母的声音。

伴随着"轰"的一声，门立即又被关上，而满身都是青菜叶的少年则被推了出来。

少年的眼角有大片大片的乌青，被推出来的时候跟跄了一下，但又立即恢复了笔直且骄傲的脊背。

"我去，谢灵她爸妈还动手了？"

沈绝脚底的易拉罐被他踹得老远，一句略带脏字的口头禅刚出口，便被满身狼狈的陆嵘铮狠敲了一下脑袋。

"那好歹是长辈，尊重点儿。"

他往地上吐了一口血沫，眉间轻拢着，似是不想提在谢灵家发生的事儿，对站在一边的青减招了招手，示意她跟自己一起回家，然后一路上一句话都没有再说。

谢灵的父母偏执且荒唐，提起来就让人觉得心烦。既然陆嵘铮不提，大家也都不想再讨论。

半路的时候，沈绝刚好了遇见了在买西瓜的爸爸，顺道就在水果摊前坐着自家父亲的小电驴跟他们分道扬镳了。

这段时间，孟月朗来了之后，一直对青减吃水果的程度把控得很严格。

在孟月朗看来，青春期的女孩子摄入甜食过多，会长痘。他一心把她往淑女方面发展，也就断了陆家冰箱里所有的冷饮，更别说让她吃甜度颇高的瓜了。

所以，在沈绝抱着个西瓜走的时候，她忍不住就多瞄了两眼。

陆嵘铮一眼就看出了她的小心思，直接从口袋里掏出了一张二十元的大钞，一边说："我们两个，晚上一人一半就吃完了，你舅不会知道。"一边特豪气地给她挑了一个最脆的。

八月的闷热在瓜贩"不甜不要钱"的吆喝声中转瞬即逝。

虽然来谢灵家走一趟还是挺不开心的，但能抱回一个瓜，孟青减同学也觉得算是很值得。

他们回去的时候，也是巧，孟月朗刚好不在，只留了一张字条。

说是因为忘记结婚纪念日，他的老婆也就是青减的舅妈生气了，所以特地飞回香港去解释，三天后回来，还特地备注明天会把他们交给张嫂照顾。

字条写得非常工整，字字句句都特有条理。

"你舅倒是挺宠老婆的。"陆嵘铮见了，不顾嘴角的抽痛，忍不住说。

"呵，装的。"

青减将字条扔在了一边，转过头去浑然不在意地开始去客厅西侧的柜子里面给他找药箱。

"好歹是你舅舅，也这么说他？"

"才不是这么说他，"青减垂眸，嘴角露出一丝讥讽来，"而是他就这样，在外面装装成功人士我倒还能接受，可这爱家人设还是算了吧，他活得可跟古代人一样。"

"这怎么说？"陆嵘铮挑了挑硬挺的眉，从冰箱里拿出一罐可乐，语气中带了一丝戏谑。

"你见过结婚第三天就出轨初恋的吗？"

"见过。"

"那你见过小三怀孕比原配早的吗？"

"这有什么稀奇？"

"那你见过原配给小三带了一年孩子，现在视其如同亲生，并且和睦相处至极，现在能够跟丈夫、小三一起坐下吃饭，原配在外受了欺负，小三还能够替她骂回去的吗？"

青减将红花油从药箱里翻出，扭头盯着陆嵘铮，语气淡淡。

"这倒真没有。"

"所以说，像我小舅这样的男人，就是荒唐。"她两片嘴唇骤然如刀，弯出一个极其轻蔑的弧度来，手上的动作却不停。

她将棉签蘸着药水，在陆嵘铮的嘴角上轻轻戳了戳，脸上表情虽然过于冷淡，下手却柔和得厉害。

陆嵘铮出来的时候就是脸上带伤。

这个年纪的男孩子平时打架还会磕了碰了，青减一开始也没太在意，但在低头给他的脸涂药的时候，才发现除了脸上，他的后脖颈也是一片青紫。

看样子是用棍子给生生砸出来的。

她的动作忍不住更轻了些。

其实，打从他提出要送谢灵的时候，她就知道此去就相当于讨打了，但没想到伤得这么重，心里也有些不是滋味儿。

但是，她不能说自己心疼。

她就只能一边给他抹药，一边装模作样地警告他："如果陆姨知道你因为觊觎谢灵，而成了这副样子，你就完蛋了。"

"觊觎？"

陆嵘铮似乎是听到一个极好笑的笑话一样，陡然抬起头，那双灿若星辰的眸子一下子就盯住了她。

"我知道我妈肯定要骂我一顿，但我怎么觊觎谢灵了，你倒是

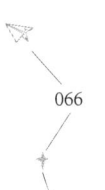

066

说说？"

他极少反问人，一反问就有一种让人说不出话来的震慑力。

青减抿了抿唇，不知为何心突然七上八下地开始跳个不停。

她觉得这是一种心虚。

但尽管如此，她还是梗着脖子对答："你送谢灵回家不是觊觎？你明知道她爸会责难你，还是跑去，不是觊觎？"

她涨红着脸，像是吐豆子一样，看似无理，却也绝非完全没有道理。

男生和女生的脑回路本是不一样的，但两个人在一起待得太久，也就会自然练就一套从对方的语言体系中找缺漏的本事。

陆嵘铮深知此刻跟她争辩是没有用的，便扬起剑眉，摊手淡笑道："那照你这个意思，是不是说，你现在给我涂药，也是觊觎我？"

"不要脸！"

她的反应突然变大，低声垂着眼睑骂了一遍后，也不给他涂药了，而是直接将药瓶扔在了沙发上，扭头就走。

十几岁的女孩，气性颇大，每一步都几乎要走出大象的情绪来。

陆嵘铮看着她的背影，觉得有些好笑，但又突然想起了一件事儿，今早孟月朗觉得地板过于粗糙，而青减又有光脚在卧室里走的习惯，就请人来打了蜡。

"你慢……"

他一个慢字刚出口，五米之外，已经传来一声"啊"的尖叫和重物滑倒的巨响。

第三章

京杭的风，是少年的心跳

他们还年轻，看不到正义的背后，是血流成河，
看不到荣耀的前面，是刀山火海。

01.

托这次地板打蜡的福，孟青减同学的头撞到了柜子，左侧肿起了一个大大的包。

池容笑着打趣她是"头上有犄角"，有了老师的加持，关于青减是个小龙人的玩笑也就不胫而走。

就连原先一直称呼青减为孟小妹妹的沈绝也改了称呼，叫她为"龙妹妹"。更有甚者联想到了《春光灿烂猪八戒》里的剧情，开始追问她：龙妹妹，你的猪哥哥在哪里？

学生的思维是发散的，蝴蝶效应时常能够越传越大。

青减起初并不在意。

但是，后来陆嵘铮一句话点醒了她，这一次是打蜡，第二次，万一是泼油怎么办？

她这才意识到，自己不该再跟孟月朗这么沉默下去，而是开始纠结，要不要找一个契机找他谈一谈？

"舅舅，明天是周末，桥北开了一家长鱼面馆，我觉得味道跟老家的很像，我请你去吃吧。"

她想了好几天，最终挑了一个周五的晚上，站在了孟月朗的面前。

"好，那叫嵘铮，一起去，我出钱。"

"不，不用叫他。"青减连忙阻止，声音虽低却坚决，"就我们两个人。"

她如是说，原本头也不抬一下的孟月朗陡然搁下了钢笔。

"你是要跟我摊牌？"

他的声音沉沉，冷眉如刀，那犀利的眼神简直就像是要把她戳穿一样。

孟家的人，在面对不得不捅破的窗户纸的时候都直接得很，青减早就料到了她的这个舅舅会直接这样问她。

她垂了眼睑，便直接硬着头皮点了点头："舅舅，我……"

"你不想我打扰你的生活。你不喜欢我塞给你的张嫂，你不想要我给你的地板打蜡，你觉得我现在待在这里就是为了消磨你的心思，让你放弃选理科，你觉得我在干涉你的人生？"

孟月朗的面色始终平淡，气势却越加骇人。

他站起来，居高临下地看着她，像是在沉思什么一样，停了半晌，才一字一顿道："孟青减，当初我去香港，在我和陆远安之间，你选择了陆远安。你怕我干涉你，我知道我们舅甥不是一路人，所以我同意了你到陆家。

"你在陆家一年，我在香港苦心经营。你是我姐姐唯一的女儿，我膝下只有一个孩子，就连家产我都愿意分你一半。

"可你似乎忘了，当时你来南淮的时候，在垂危的我妈，你姥姥面前发过什么誓？

"不选理科，不当警察。孟青减，你不懂事到连一个临死之人都骗是不是？"

书房里的凳子被踢翻，就连文件都被他一股脑儿地推到了地上。孟月朗步步紧逼，已经是怒极。

青减站在一旁，后退了两步之后，紧抿着唇，始终一言不发。

她当然不会忘记，被陆远安带走的前一天，在姥姥的病床前，她曾经说过什么话，又发过什么誓。

她有心食言。

是她理亏。

可这人生，毕竟也是她一个人的人生。

她深吸了一口气，梗着脖子，忍不住要跟他好好理论一番，可头才刚刚昂起来，一个字还没有说，就被另一个声音给打断了。

"孟叔叔，我在那个房间里看到了这把瑞士军刀，我觉得不错，可以送我吗？"

声音的主人是个跟青减年纪相仿的少年，拥有一双清亮的眸了，拿着棕色小军刀的时候，言笑晏晏。

"可以。"

"不行！"

青减原本酝酿好的争论情绪渐渐散去，在看到那个陌生少年手里面拿着的军刀的时候，顿时意识到了那是陆嵘铮的东西。

她厉声叫了出来，然后不顾孟月朗的怒意，就一把上去跟那少年抢军刀。她认得他，就是那个普通班的小富二代，抢走她夏令营名额的温如瑾。

新仇旧恨加在一起，她虽是个女孩子，但力气也不小，夺东西的时候丝毫没有留情。

少年也不相让，两个人竟是生生地扭打在了一起。

"你这个女生怎么这么胡搅蛮缠，我问孟叔要的东西……"

"什么你孟叔，这是陆嵘铮的东西，跟他有什么关系？"

军刀被他握在手里，她去掰，他却越握越紧。

温如瑾是孟月朗生意场上的伙伴温许的儿子，孟月朗请他来做客本也就是知道他和青减是一个学校的，巴望着以后大家能够多加帮扶。但突然发生这样的场面，是他不想看到的。

于是乎，他连忙厉喝："孟青减，你给我松手！"

但作为家长，他制止得太迟了，由于温如瑾的死死不撒手和嚣张，她已经一口咬在了温如瑾的胳膊上。

要知道，在苏律高中，孟青减除了以成绩优异出名以外，还以门牙旁边的两颗小虎牙而颇受讨论。虎牙平时看着是挺可爱的，可咬着人却是生疼，她下口又重，与温如瑾的第一次正面交锋，就这么一口，竟是生生把这个半大男孩咬得红了眼。

"你是属狗的吗？有本事你就别停！"

"不停就不停……"

一个忍得眼泪充盈，一个咬得死不放松。

当放了学跟沈绝打完球的陆嵘铮回到家的时候，看见的则是这么一幕。

孟月朗捏着眉心，急得不停地在房间里走来走去。

青减则是低着头狠狠地咬住了温如瑾的胳膊，两个人僵持着，就像是一场比赛，谁也不肯认输。

陆嵘铮将书包一把甩在了沙发上，下意识地就过去拉住了青减的胳膊。

"怎么回事？乖，松开。"他感觉到场面不大乐观，语气里面带了一丝的安抚。

说来也是奇怪，在场的明明孟月朗跟她才是最亲的人，可是孟月朗让她松开的时候，她却是一点都不想听他的。

她料定了以孟月朗的性子定会站在朋友的儿子那一边，更料定他是个不分是非黑白的。

而当陆嵘铮来了的时候，她却突然就有了一种正义要被伸张的感觉。

她乖乖地松开了嘴，然后沉默着往后退了两步。

被女生咬是一件极其屈辱的事情，尤其是在这个年纪的男生心里。

青减往后退的那两步是为了不让温如瑾反扑自己，以及自己能够靠着墙，有更加人的安全感。

但让在场所有人都没有想到的是，温如瑾一屁股坐在了地上，他的手臂被咬出了血，就那么僵硬地悬着。陆嵘铮蹲下来去查看他

072

的伤势，被他不领情地推了一下。紧接着，整个房间里，就只剩下了小温同学如同狼嚎一般的哭声。

后来的事情不用多说，也已经明了。

孟月朗带着温如瑾去了医院，小孟同学则被强制着道歉，认错。

她跟孟月朗争辩，明明是温如瑾拿人东西在先，为什么她要认错？

孟月朗只是沉声道，因为我是你舅舅，我让你道歉，你就要道歉。

他总是有这样的本事，明明并没有道理，却能够扯出一大堆让她无法辩驳的话。青减也是懒得跟他说什么了，盛夏的天，不顾外面毒辣的太阳，防晒衣也没拿，就直接冲出了病房。

"年纪不大，脾气不小，要晒成咸肉干就随便她去！"孟月朗看着她的背影，忍不住嘲讽。

即使医院里面都是人，她也已经快成年了，他却从来不懂得尊重她半分。

02.

离家出走是小孩子才会做的事情，青减觉得自己已经长大，所以选择了另一种方式来表达对孟月朗的愤怒，那就是不吃饭。

那时候他们上历史课，才刚学到了甘地的"非暴力，不合作"，青减在历史课上从来没有什么理解能力，但很认真，没把这种精神理解透彻，却把甘地的绝食学了个十成十。

一到吃饭的时候，她就把自己关进房间里面，用刷数学题来掩盖自己的饥肠辘辘。

一般像他们这么大的孩子绝食都是用来吓唬大人的，所以，说真的，不仅孟月朗不信，就连陆嵘铮也不信。

他们都忽略了一个少女一心想要赶走自己小舅的坚决，也都忽略了当一个人被逼到绝境时的反扑。

而当他们相信了青减是真的绝食的时候，这小妮子已经晕倒在了教室里。

那是一堂化学课，教青减的化学老师李大锤也是教温如瑾的，青减所有的学科都还不错，偏偏化学一直拖她的后腿。

而温如瑾作为李大锤的得意门生却被青减咬进了医院，在那节课上，李老师特地要杀杀青减的锐气，就喊她起来回答了一道本就无解的问题。

青减本就体力不支，那问题又刁钻古怪。她其实也就站了没半分钟，然后就华丽丽地倒了下去。

"你们都看到了啊，我没打她啊。她问题没回答出来，我也没来得及说她啊。全班都给我做证哈。"

陆嵘铮在隔壁的补课地儿听到消息赶到的时候，李老师正抱着自己的大头在瑟瑟发抖，慌乱地为自己取证。

"小陆同学啊，这年头，当老师也不容易，出点啥事儿家长都得跟你闹。你刚好在，长兄如父，今天你就是她爸爸。来，大家快告诉这位'父亲'，我有没有为难孟青减？"

李大锤一看到陆嵘铮，就连忙冲上前，扒住了他的胳膊，脸上的二两肉由于紧张抖了又抖。

"有！老师，你故意出错题！"

江轻坐在位置上，她的腿上是瘫软的青减，她一边照看着人，一边还不忘申冤。

四周也是一片响应之声。

陆嵘铮觉得荒唐可笑，但大概也猜到了些许。

他瞥了一眼腿软得快要站不住的李大锤，本想说些什么，但一想，这万一现在说青减可能是饿的，这矛头可能都要指向他们家了。

知道的是她跟自己的亲舅舅赌气，不知道的可能要说是他妈不负责任了。

他便把到嘴边的话又憋了回去，只是走到江轻旁边，然后背对着她蹲了下来。

江轻半天没懂陆嵘铮是个什么意思，就没动，还是江轻身后的两个男生看明白了，帮忙将青减搭在了陆嵘铮的背上。

"这个时候不应该公主抱吗？"江轻小声地嘀咕了一句。

她的声音极小，却被揽好了青减的膝弯刚刚站起来的陆嵘铮收入耳中。

"重……"

他不辩解，只是冷不丁扔下了这一个字。

葡萄糖。

营养针。

生理盐水。

护士将这三样东西上齐后，孟月朗也刚刚挨完医生的批斗。他从办公室里出来的时候，外甥女还在沉睡，而陆嵘铮正坐在床边，一边拿着本"五三"刷题，一边偶尔皱着眉头看一眼药水瓶，防止回血。

"累不累？我在路上的时候买了两份粥，先吃点儿。"

孟月朗将手里的袋子放在桌子上，温和地拍了拍陆嵘铮的肩膀。

"不累，谢谢叔叔。既然您来了，我就先回去了。"

陆嵘铮实在是不适应和孟月朗一起待着，也不想过多地干预他们的舅甥情。毕竟青减不像谢灵，她的亲人，这辈子，有血缘的，就只剩下一个了。

他站起身，将书合起来，然后将身后的包挂在了右肩膀上。但他还没走出两步，耳边就响起了"刺啦"的打火机的声响，与此同时，还伴随着孟月朗愈加低沉的嗓音。

"湘水赫赫有名的刑事辩护律师贺萧是你爸，对不对？"

陆嵘铮的脚步顿住。

在听到"贺萧"这两个字的时候，他陡然回过头去，连眼神都刹那间冷了几分。

而孟月朗却分外平静，深吸了一口烟，灰色的烟雾从薄唇中吐出，继续不咸不淡地说："贺萧可是个大律师，这么多年，他可是帮了不少干了坏事的人逃脱了法律的制裁。如果我记得没错，五年前，他还是在南淮，只是那时候南淮出了一桩惨绝人寰的碎尸案，死者是一个七岁的孩子，所有的线索都指向了接那个孩子下班的男保姆，只是苦于没有证据。

"坊间传言，你爸收了那个男保姆三十万，让他闭口绝不承认罪行。警方审了两天两夜，最终苦于没有证据，只好将人放了。可后来这个男保姆出来后又连续犯案，恶性案件累累，才最终被抓。

你爸涉嫌让他做伪证，也被抓进去蹲了两年，对不对？"

孟月朗淡淡挑眉，可以清晰地看到陆嵘铮的衬衫袖口下的拳头越攥越紧。

"是。可是，那又与你何干？"

少年启唇，冷笑着从牙缝间挤出了这些字。

"你恨他？"

孟月朗不回答他的问题，只是在抛出这个陈述语句的同时，将手里的烟在瓷砖上碾碎。

那是一根还没有被抽尽的烟，碾碎的那一刻，有火星子溅了出来。

陆嵘铮没有说话，但沉默已经代表了他的回答。他好恶分明，这世上，但凡是不正义的东西，他都恨。

孟月朗见他不说话，也不逼问，只是突然摇了摇头，指了指在床上躺着的青减。

"你爸当年收那笔钱是为了改善你们母子俩的生活，他从家庭的角度出发，其实你不该恨他。反观减减的父母，以家庭为牺牲换得了荣誉，那才是最可恨的。"

他回过头去，叹了一口气，背对着陆嵘铮，面朝晴好的窗户，似是下定了很大的决心一样，又絮絮叨叨地说："我知道你们都不理解我，都觉得我在干涉减减的未来。但你知道，她爸妈怎么死的吗？一个被十三发子弹打中，还有一个被找到的时候，脸都被划花。"

孟月朗的声音还算平静，背部的颤抖却剧烈。

"减减那时候在上学，灵柩运回老家的时候，第二天我们就把他们葬了，第三天才敢告诉她。我妈当时看到遗体的时候，整个人哭晕过去三次，后来生命垂危的时候，脑子不清醒，也总做噩梦，每一次醒来都在跟我说，我们家已经出了两个英雄，我们不想做忠烈人家，让我好好保护减减……我是她的亲舅舅，我怎么可能不想好好保护她……"

他本不是个多话的人，但今天，很多情绪却一触即发。

说着说着，也就说不下去了。

最终，他将脸埋进了手掌里，沉沉地哭了出来。

03.

很多年以后，江轻选择了新媒体的专业，在大学里面他们那群少年时的人相聚的时候，她总会谈起她关于时事新闻的作业。

那时候，青减从她口中听到过最多的选题，叫"成年人的悲哀"。

江轻缠着青减让她提供素材，她闭口不言，却总能够想到这一天，她躺在病床上装睡的时候听见的孟月朗的哭声。

在未经世事的年纪里，她听见过很多人的哭泣，很多人因为互殴失败而哭，因为考试不理想而哭，可没有一种哭，像她的舅舅这样。

她觉得最该哭的分明是她，可最终却忍住了。

一场闹剧过后，孟月朗到临走前也没跟孟青减同学道歉。陆远安知道这个被她放在手心当宝儿一样的小姑娘被饿了三天，便心疼地提前结束出差回来了。

亲人之间，有些问题、或许本就没有答案，也没有解决的方法。

孟月朗走了，在上飞机的那天，在安检口，他没再纠结分科的问题，只是拥抱了捧着一个熊形玩偶的青减。

"减减，舅舅想要你幸福快乐一辈子。"他在她的耳边轻声说。

漫长的拥抱结束，青减将手里的熊形玩偶塞给了他。

"小舅，舅妈最喜欢玩偶了，你把这个送给她，她很天真的，一定会开心。"

她一边说着，一边替他将领带整了整。红领巾一般的打法，笨拙之中却透露着温馨。

如果世上要评定最糟糕亲人，她觉得自己和孟月朗一定算在内。

不知如何表达自己的爱，却不代表不爱。

她目送着他离开。

就像很多年前目送在大年夜放下了饺子碗匆匆离去的父母一样，她不知道什么叫一眼万年，却知道，这一次的目送，应该只是分别了。

不知道为什么，尽管这样，她还是感到了一种从心底涌出的难过。

从机场出来的时候，陆嵘铮正蹲在门口等她，他的腿长，蹲下的时候两只手无处安放，配上死死盯住里面的眼神，就像是一匹狼。

"走吧，回家了。"

青减看到他之后，刻意扭过头去，不想让他看见自己红了的眼。

八月末的天气骤变得厉害，空气里带着丝丝的凉意。陆嵘铮从家里带了外套来，也不安慰她，只是上前去将她裹了个严实。

她本就有些怕冷，安心地接受了他带来的衣服后，便走到路边下意识地要去拦出租车。

然而，她的手还没有伸出来，就被陆嵘铮给拍了下来。

"嗯？"

"没带钱，不打车。"

他淡淡地扫了她一眼，脸不红，心不跳地拉住了青减的手腕，开始把她往一个跟回家的方向截然不同的地方带。

他是男孩子，走路的速度快。

到后来，她直接就变成了小跑。

她刚出院没多久，哪里追得上他，一路上都是气喘吁吁的。她向来猜不透他的心思，便一直在他的身后问："陆嵘铮，你要干什么？"

而他只是偶尔回过头给她打气，告诉她："去一个只要走五百米就能到的地方。"

五百米。

陆嵘铮所谓的五百米，是个基数词。按照后来孟青减的计算，他们至少跑了有二十个左右的五百米吧，也就是十公里。

她也是傻，一开始并没有计较这路程。

到后来，她一直跟着他跑上了长江大桥，在看到不远处波涛汹涌的运河的时候，她才知道，原来自己已经走了这么远。

他把她带到了一个人迹罕至，但地方极其空旷的河滩前，然后指着面前的河一本正经地告诉她，这是南淮河。

青减的手撑着腿，身子微微地弓着。

巨大的运动量让原本就是病号的她有些恍惚，尽管如此，她还是忍不住看着面前沙黄色的河水，一字一顿地给他科普。

"这是京杭大运河。"

他不理会她的科普，只是在火红的夕阳下，把双手插在口袋里，站得笔直。

"孟青减，今天，你想不想看一回江豚？"陆嵘铮一字一顿，带着无比的认真与坚定。

黄白的河水与远方的天际相接。

翻滚着的波浪在愚蠢的号角声中越加显得波光粼粼，南方的市井滋味有了水才会恢复本真，青减想起很久之前，她曾经送过陆嵘铮一个玻璃吊坠，也曾经跟他科普过关于江豚的传说。

那时光并不算久远，可她一直以为，那是只有她这样的傻子才会坚守的东西。

她觉得感动，但还是忍不住直起了身子，为难地看着陆嵘铮："如果江豚是想见就能见，那它还做什么保护神？"

她不是泼冷水，只是不想做这个荒唐的白日梦。

陆嵘铮却大言不惭地一笑："所以，会有替代品。"

他迎着河滩的风，眉目清朗，神情放松下来的时候，没有了以往的冷硬，唇边噙着笑。

孟青减好笑地扫了他一眼。

"如何替代？"

"同音替代。"

他不假思索地答，然后蹲下身子拿起两三颗小石子就往河中砸。石子溅起水花，一圈一圈，漂过三四轮渐渐下沉。

太阳已经渐渐西斜，大片的晚霞染红了远方的天，再过那么一会儿，所有的光亮都会渐渐隐去。

青减向来吃不准陆嵘铮的心思，便不再挣扎，只是也蹲下来，静静地打量着他。

尽管这一年来，他们时常为一些小事针锋相对，但也有些东西是实打实地被岁月一寸一寸地打入骨血。

她想，眼前的少年终有一日会长成更加冷峻、更加高深莫测的模样。

她隐约觉得，这个时候自己应该伤春悲秋，感叹时光的流逝。

可在这一刻，当盛夏的晚风徐徐地拂在她的面上，她离他近到可以清晰地闻见他身上的肥皂香气的时候，却又在渴望什么。

渴望长大。

渴望有一天，或许一切都会不一样。

"孟青减，除了做警察以外，你还有什么梦想？"陆嵘铮摩挲了两下手里的石子，陡然回过头。夕阳明晃晃地照着他，他不顾形象地打了个喷嚏。

孟青减笑了起来，许久才恢复正经，然后俏皮地眨了两下眼。

"你猜？"

"不猜，说。"

"一生正义，干干净净。"

她托着下巴，看着远方，一字一顿。很轻的话语，却带着骨子里的坚韧和骄傲。

陆嵘铮点了点头，挑眉在心里默念了一下这八个字。他挺想用"你还真是掷地有金石之声"这句话来夸她的，但转念一想，挫折教育还没受够，要什么褒奖教育？

他便又把话给噎了回去。

这是他们在一起的第一年，他站在他母亲的角度，像是一个家长一样为她的人生长远考虑，所以他不曾夸过她。

到后来的那些年里，在经历了生死，无数的离合后，他是真的疼她，却也坚持着十六七岁的思想，绝不多夸她一句。

直到再后来的某一天，她在那个叫聂三爷的人那里碰了壁，喝得烂醉，他恨铁不成钢地把她带回家，她神志不清地开始哭，他听见她含混不清的声音："陆嵘铮，这些年，我多想听你夸我一句啊！就一句，我真的没有你们想的那么不好……"

他才恍然大悟，原来，在那些年里，他所谓的耐心和自以为是都用错了方向。

画面切换到十六岁，当孟青减同学说完人生的终极梦想和方向后，从河滩不远处的大柳树后迎面就冲过来了三个人。

是江轻、沈绝和谢灵。

他们每个人的手上都捏着一条气成了球的河豚，见了青减，就开始齐声乖巧地朗诵："以河豚之名，祝小孟妹妹得偿所愿。"

像是早就经过了某种排练。

异口同声。

孟青减微微愣住，觉得这个时候自己应该感动，但转念一想，最后又笑了出来。

她生得好看，按照陆远安的话说，江南山水，钟灵毓秀，在她的眉眼里都能够展现出来。虽然骨子里有刚硬的一面，可眉眼弯弯的时候，却只剩下了温和。

见她笑了，大家也都笑了。

没有人告诉她，为什么今天会突然搞这一出。

只是在三条小河豚都被对面餐馆处理掉，大家酒足饭饱，江轻因为半罐啤酒而摇摇晃晃揽住了青减的时候，她隐约听见了一句话。

"减减，我们给你一个家。"

她看着他们三个耍宝一样捏着河豚站在面前的时候没有哭。

她在目送小舅离开的时候也没有哭。

但她听到江轻的这句话的时候，却莫名地红了眼眶。

这一晚，他们都回去得挺迟。

江轻被沈绝扔在了自行车的前杠上面带着走，而谢灵、陆嵘铮，还有青减他们三个，则是跟旁边有租车业务的老头儿租了两辆车。

青减不会骑车，顺势想要往谢灵的车后座上钻，钻到一半，屁股还没坐稳，又被陆嵘铮给薅了下来。

"你比人家肥胖，你怎么好意思？"他虽板着脸训她，手上的劲儿却是把她往自己的后座上提溜。

"我不瘦，但也不胖吧。"

青减不喜欢他的用词，弱弱地垂头圈了一下自己的腰，小声念叨了一句后，趋于形势，还是贱兮兮地上了陆嵘铮的车。

南淮虽是小城，但极东和极西的位置相隔仍是甚远。

他们的家离这里笼统估计都有四十多公里，车骑到半路的时候，江轻搂着沈绝的腰，嚷嚷了一句："为什么我们不打车？"

沈绝不客气地斜睨了她一眼，理直气壮地回："因为我们穷困！"

"你为什么穷困？"江轻穷追不舍。

"现在还小所以穷困，等到长大了，我就带你打车。"他掰开江轻因为呕吐而黏黏糊糊地搭在她脸上的手，言语里带了些宠溺。

旁边的出租车、私家车呼啸而过。

没有绚丽的霓虹灯的城市，没有纸醉金迷的灯红酒绿，回头想想，在那段混沌的没有成为大人的岁月里，他们最难得的便是在说出"穷困"二字之时仍能挺直腰杆，在一眼看不到光的小城里，仍能满怀希望。

耳边的晚风猎猎。

时而会飘过谢灵的歌声。

她唱的是她这段时间被锁在家里的时候新写的歌，《长江边孤独的芦苇》。

她的声音很空灵，由于夹杂着风声，青减听见的歌词并不多，只能依稀用昏沉的脑袋记住一句：

"孤独的芦苇，在寂静的土地，找不到人相亲相爱。"

明明是悲伤基调的歌词，不知道为什么，这一刻，从谢灵的口中唱出来反倒有些温暖。

这是 2010 年农历七月十五。

青减在歌声、晚风声和船队的号角声中沉沉地拨开刘海儿，露出眼睛。幽蓝的空中没有半点星子，只有一轮月亮，是咫尺的近，也是前十五年她从未看到过的圆。

04.

"所谓父母子女一场，不过就是意味着，你和他的缘分在前世今生不断的目送中渐行渐远，而他用背影告诉你，不必追。"

九月初。

高二年级正式分班，理科重点班的师资配置是高一一班和二班的结合，语文老师是池容，数学老师兼班主任则是栗云辉。

第一堂作文课上，当池容声情并茂地朗读完了《目送》中的经典句子的同时，也在黑板上用粉笔写下了铿锵有力的三个字"不必追"。

这是省内语文高考作文改革的一年，也是材料作文与命题作文相融合的一年。

难度虽无法与去年一个姓戈的老师所出的让无数考生哭声一片的数学试卷相比，但就前几年来说，也有了一个更大方向的难度区间。

理科班的学生本就讨厌写作文，很多人在池容写出一个"不"字的时候，就已然文思枯竭了，比如孟青减同学。

作为这个班为数不多的五个女生之一，她咬着个笔头想了半节课只憋出了个题目。

"哟哟哟！原来你是作文吃亏啊，要不要我告诉你怎么写不？"

耳边讨厌的声音响起，青减厌恶地捂住耳朵，狠狠地回了他九个字："好了，鹌鹑。我不抄作业。"

她极少这么粗声粗气地对人说话，只有实在忍不了的时候才会这样，而这个让她忍不了的，不是别人，正是温如瑾。

青减觉得自己有时候真的是如同那个尼姑所说，命不好。

一个年级两千人，分 AB 部，理科重点班有两个，她偏偏就和温如瑾分在了一班。分在一班不说，她原本在排位置的时候是跟在陆嵘铮后面好好的，却好巧不巧被栗云辉以一句"你们兄妹关系不好，不要靠那么近了"为由，分给了这个温如瑾做了同桌。

做同桌也就做同桌了，青减性子喜静，可温如瑾一个男孩子却每天像只鹌鹑一样在她旁边念叨这个念叨那个。

她也是实在受不了，才忍不住对他进行"鹌鹑"诨名的攻击。

可这样的攻击对于温如瑾来说，却是丝毫没有一丁点儿杀伤力。

"孟小妞，小爷我行走江湖多年，也得到过不少名号，你这个'鹌鹑'虽然刺耳，但架不住我曾经还有个外号叫'郭靖'！金庸知道不，那可是我偶像！"

他一边说着，一边从抽屉里面神秘兮兮地拿出了一本《射雕英雄传》。

封面俨然已经有些褪色，看上去有些年头，他献宝一样地摆在青减的面前，那上面还真的有着金庸老先生的亲笔签名。

一字一画，刚劲有力，写着"查良镛"三个字。

这是温如瑾第 N 次在跟青减扯问题的时候突然半路开始展示签名了。她早就习以为常，甚至到现在已经开始觉得，这厮跟自己吵架就是为了炫耀一下这本书。

"查先生要是知道他的郭靖被你这种人玷污，会气坏的。"

青减白了他一眼的同时，也从包里面拿出了一支粉笔，在桌子上进行了"三八线"警告。

"你就是嫉妒小爷我。"温如瑾冷哼了一声，将书当作宝贝一样用小心翼翼地收了回去。

"给你展示了那么多，都忘了告诉你这作文怎么写了。最适合你的两个题目：一个不必追，是追小爷我，年级第一的位置我既然坐上了，就不会再下来了；第二个不必追……"他突然顿了顿，话说到一半，戛然而止。

"哪个？"一道冷光扫过。

"那个呗。"

温如瑾耸了耸肩，语气突然吊儿郎当起来。当日在陆家的时候，他就见识过这个丫头的厉害，那一口牙印到现在都留在他的胳膊上，

087

疼得发紧。

所以，他也不明说，只是屁股往离她较远的凳子方向挪了挪："孟小妞，你知道特洛伊战争吗？"

"知道。"

"那你知道是什么毁了一座城邦吗？"

"不知道。"

"是伦理。"他身子远离她，面部却离她极近，偏头之时，以手掩口，虽然只有三个字，却表现得格外神秘。

这样的动作在下课的时候已经算是浮夸，在上课之时便更加让老师不能忍。

池容早听到他们那里有声音，只是想着学生们在讨论也不能禁止，便一直没拦。但当温如瑾坐成了一个蛇形，屁股和头天各一方的时候，她又实在看不下去了，嘴唇动了动，刚想出声，一个"温"字还没有说出口，就见青减突然踢开了凳子，站了起来。

"怎么了？"池容问。

"报告老师，温如瑾同学跟我讲不好的笑话。他以前也总讲，今天以教我写作文为理由要挟我让我听。我实在是受不了了，请老师制止他这样的行为。"青减微微扬起下巴，明明是谎话，却说出了一种大义凛然的感觉。

"孟青减，你狗咬吕洞宾！"

"谁给你讲黄色笑话了，我还是个纯情少年，你就这么污蔑我！"

"人家减减同学也没有说黄色，你一个男孩子就那么激动，还骂脏话。你没说过的话，你心虚什么？"对于温如瑾的反驳，青减还没有来得及应对，池容便看不下去出声了，"在苏律，男孩子得有点胸襟，不是我说，温同学，你作文写得是好，但你要在我的课上欺负女同学，还是一向乖巧的减减，我绝不会姑息你。给我站后面！"

池容拉偏架向来是有一手，尤其是当自己的爱徒被欺负的时候，她不管三七二十一，拿着本书就指了指墙角。

被冤枉这种事情对谁来说都是奇耻大辱，且文章写得好的人大多爱惜自己的羽毛。

"沆瀣一气！"温如瑾也看出面前这两个女人是不讲道理的，如果站了就表示他真的讲了黄色笑话，所以，在面对池容的逼迫时，他选择了抵死不从。

"老师，宁为玉碎，不为瓦全，我不站。"

他的腰挺得笔直，绝不愿意让青减的荒唐语言玷污了自己。

一堂好好的作文课，一下子就因为这样的突发事情被打断了。

池容虽然拉架的倾向性很强，但也实在不好强行责罚温如瑾。在全班同学面前冷不丁被温如瑾又驳了面子，她觉得颇有些尴尬，便踩着五厘米的小高跟，迈着小碎步去找了班主任栗云辉。

相比池容，栗云辉算是公正不少。

问青减，温如瑾讲了什么笑话，没得到回答。

问温如瑾，到底跟青减说了什么，也没得到回答。

他就干脆一不做二不休，和了个稀泥，罚他们俩将《赤壁赋》这篇课文每人抄上二十遍。

两虎相争的后果，不必说，必定是两败俱伤的。

那个下午，当孟青减把二十遍《赤壁赋》抄完后，放学的时候，她连提起书包的力气都没有了。但当看到温如瑾跟她一样，状态也相当不好的时候，她觉得特别值。

"一寸光阴一寸金，是你的时间不要钱，还是我的名声不值钱？你至于在老师的面前说那样的话吗？"

温如瑾在教室里的时候没有发作，但在傍晚放学后在街口撞见背着书包的青减和陆嵘铮他们的时候，还是按捺不住了，站在自家私家车的面前冲青减直嚷嚷。

跟泼妇似的温如瑾比起来，他身后车里坐在驾驶座上的那个男人反而更吸引人。

那是个青年，嘴里叼着一根烟，丹凤眼，眼皮一直耷拉着，像是怎么睡也睡不醒一样，脸庞是英俊的，但没什么精气神，眼底有些发青，按照青减他们生物老师的描述，应该是纵欲过度。

他的左眼角处有一道伤疤，月牙形状，在双眼微微眯起的时候，那疤显得更深、更宽。

"温如瑾的叔叔，真扎眼！"

"是的，你们不觉得他特别有黑社会的气质吗？"

隔着五米的人潮，沈绝和江轻的"彩虹屁"源源不断。

孟青减拽着书包带的手却紧了起来。

不知道为什么，她觉得自己应该在哪里见过这么一双眼睛，见过这么一道疤。

05.

房间被翻得乌七八糟，青减坐在地上，手里面抱着一个开了盖

的木盒子。那木盒子里是一本手写的刑侦手册，最中间有一页被人撕掉了。

那是手写的，当初爸妈去世的时候，她偷偷藏起来的，相当于一个破案的草稿本，里面的东西十分零碎，专业术语也多，青减从没指望自己看懂过，只是想留着。

而被撕掉的那页有一张破碎的照片角，是一只眼睛，左眼。

就跟今天她看到的那个车里的男人一模一样。

她不只是在这个零碎的照片里见过这双眼睛，她觉得在很多年前在老家的时候，她也应该见过。

但具体在哪里，她确实怎么也想不出来。

"你今天是怎么回事儿？骗池容不够，还准备拆家？"

就在她抱着膝盖陷入沉思的时候，陆嵘铮洗完澡出来敲了敲她的房间门。

她原本很多事情都想不通，在抬眼看到了陆嵘铮之后，就立刻像是见到了救星一样，连忙将那零散的碎片递了过去。

"今天温如瑾身后那辆车里的男人，我觉得我见过。我说不出来是什么感觉，但是很奇怪，我甚至有一种预感，他肯定姓聂。"

"你说聂春江？"

陆嵘铮扫了一眼那关于眼睛的碎片和一地的狼藉，就顿时明了了在刚刚他洗澡的那一个小时，这小姑娘在做什么。

"他确实是姓聂，温如瑾的非嫡亲叔叔，从温爸那里赚的第一桶金发家，后来去了香港，生意越做越大。我猜你这个是从叔叔阿姨的笔记里面找出来的。"他的语气不紧不慢，"前两年，扬州和南淮一带出过两件杀人分尸的大案，凶手用的杀人器具是香港地区制造的,反正很多线索都是指向聂春江。我妈当时跟我说过这个案子,聂春江是嫌疑人,所以可能你爸妈也知道一点。"

"那他是凶手吗?"

"不是,那两件案子不是同一个人干的,但都是情杀,跟他无关。"陆嵘铮抱着手臂,平静地叙述着,听起来没有什么波澜。

青减闻言忍不住沉默了。

如果聂春江这个人真的只是两年前的杀人案的嫌疑人,父母把他的照片撕掉放在本子里也只是因为这样,那又何以解释,她对他那种熟悉感?以及,她能预感他姓聂呢?

她总觉得事情没那么简单,却又没有证据。

"减减,你啊,就是跟你爸妈一样,爱多想。我在外面听了很久了,不就是一个聂春江嘛,他是扬州人,十几岁的时候浪荡又爱晃悠,眼角的疤又特容易让人记住。那个时候我放假去你们老家找你妈,还听老人家念叨过他的名字,你听过他见过他,不奇怪的。"不知道什么时候,陆远安已然拿了个饭铲挑着入鬓的飞眉站在了门口,开始絮絮叨叨,"你说说看,你知道他姓聂是不是你姥姥抱着你的时候说的?"

"好像是。"

青减被陆远安这么一问,还真的隐隐觉得关于这个人的其他印象是从老年人口中来的,而且还都不是好话。

她摸了摸头,刹那间困惑了。

"小姑娘别每天都想这些,我看人家女孩子现在这个·年龄都关注穿着打扮,我们家减减这么好看,先去吃晚饭、吃完饭我就带你去烫个头发。"

"烫发？"青减还没从上一个情境中走出来，冷不丁就被陆远安带入了另一个旋涡里，"啊，我不想。"

她下意识地往后退了一步，陆远安却仿佛没有看到一样，晃悠着满是油花的铲子开始把自家两个孩子往饭桌上赶。

"还有你，铮哥儿，我看到好多男孩子把头发都吹得挺高，你也可以试试，那样有气势。今天池老师打电话给我跟我道歉了，说是在她的课上有个男同学给减减讲了不好的笑话，她没能帮减减。我跟她说，减减有铮哥儿在，不会受欺负的，所以，请你拿出一个男孩子该有的气概来。"

直到碗筷都摆好，菜都端上桌，陆远安的絮叨也没停过。

人过了四十岁就是这个样子，话多。青减听得耳朵起茧子，陆嵘铮早已经习惯了他母亲的叨叨，也不正面回应，只是在给青减盛饭的时候也想起这事儿，便斜睨了她一眼。

"温如瑾真的跟你说不好的话了？"他的语气平淡，虽然是个问句，但内心早已经有了答案。

班上的同学看不明白青减的伎俩，但他大抵还是看得清清楚楚、明明白白。

青减接过他盛的饭，从下午开始其实她就特担心他要问她这个问题，但傍晚刚好被聂春江的出现给打岔了。她本以为他不会问了，却没想到陆姨整出这么一堆，便只好装作没听见，含混不清地就给混了过去。

陆嵘铮见她装傻，便也放任她去了，不再多问。

一顿饭吃得是混混沌沌。

吃完以后，陆远安便说到做到，大晚上的就拉着青减要去给她烫头发。青减还是高中生，陆远安虽有心捯饬她，但在理发店一众大妈的阻拦下，最终只给她烫了个微卷。

青减的长相是清秀的，远山眉，小圆脸，头发也厚，虽只是微卷，在披散开的时候，却有一种别样的感觉。

用理发店老板的话来说就是像极了九十年代画报里出来的明星，美丽却风尘。

陆远安爱极了这个养女，入耳只听得"美丽"一词，听不得"风尘"，在感叹吾家有女初长成之余，还狠狠地痛斥了那个老板的用词。

理发店老板是从东北出来创业的商人，性子直，觉得自己是在夸人，突然被痛斥也很委屈，便跟陆远安大吵了起来。

那是青减这一生见过的最激烈的吵架。

尖厉对粗犷，即使在吵了不到五分钟后，青减自己也加入了这场战斗，她们最后也没能吵赢，并且理发店的老板连钱都不要了，就直接将她们扫地出门。

养母的面子在这个晚上被击得粉碎，明明是尊严无法挽回，可这一个大女人和那一个小女人却都同时为她们的并肩战斗而欢欣雀跃。并且，为了庆祝她们的战斗以及小孟同学的亭亭玉立，陆远安特地带青减去吃了一顿私房菜，只有她们两个女人，没有陆嵘铮。

她们在深夜里碰杯，在晚风中畅谈。

关于梦想，也关于这一年来小孟同学某些细碎却可以言说的少女心事。脱离了长幼的辈分，少了世俗的桎梏，其实，母女也好，阿姨侄女也好，最后都可以像是朋友一样相处。

陆远安一边喝酒，一边看着夹着栀子花香气的晚风中姑娘眼波带笑的样子，忍不住将十七岁的青减与很多年前跟她在中越边境时

出生入死的孟凡相对比。

一样的柔中带刚，一样的寡言少语，一样的长着一张好看到完全不像个警察的脸，却拥有着比别人都强大的能量。

陆远安无条件地相信，将来眼前的这个姑娘一定会成长为比她父母更优秀的模样，也丝毫不会怀疑，眼前的这个姑娘将会永远正直、永远干净。

也正因为这一份近乎偏执的信任，在很多年以后的北京，当青减被所有人指责因为爱慕虚荣被那时候在京城已然赫赫有名的聂三包养的时候，只有她，这个抚养了青减三年的养母陆远安站了出来，厉声喝退了所有不和谐的声音——

"我们家的姑娘不说视金钱如粪土，但聂三这点儿家产还折不断她的脊梁。"

这是那一年，陆远安说得最多的话，在被利益迷晕了眼的孟月朗面前，在被假象蒙蔽了的陆嵘铮面前，在被前方一片迷雾笼罩早已经不知该如何做选择的孟青减面前。

陆远安始终以一个绝佳的清醒的姿态守着这个她答应了要当成女儿一样疼爱的姑娘，她曾看着她的姑娘一步一步向着梦想的朝圣殿而去，也曾看着她跌落神坛，陷入对错不知如何自处的漩涡。

后来，即使万人唾骂，她也想要保住她的姑娘。

不是因为爱使人盲目，而是那一年的陆远安以一个过来人的目光一眼看穿了那一年的孟青减在走的是一条怎样艰难怎样坎坷的路。

陆远安多想告诉孟青减，你一直是陆姨的骄傲，可最后，豁出了命去，连抱抱她都不能……

第四章

年少多是贪心客

Shiyinianwuxueluo

那几年的争吵，似乎都与爱和喜欢有关。

武善纵子，明者放武。

直到很久以后，她才明白，有的爱是近忧，有的爱是远虑。

01.

因为烫了发，孟青减在周一上学的时候毫无意外地成了整个高二年级议论的对象。他们讨论的点没有别的，只一个，万年寡言女学霸为何突然爱美？

高二学生学习压力大，大家在闲暇之余总要找个八卦点为发泄出口，不找到誓不罢休，也偏偏，在青减烫了头发的第三天，谢灵就因为她爸的特殊照顾被强行塞进了这个物化尖子班里。

众所周知，谢灵是陆嵘铮的青梅竹马，而孟青减，又是个半路杀出来的妹妹。

一时之间，关于青减烫发是为了碾压谢灵的流言也就随之甚嚣

尘上。小女生们开始在心里脑补玛丽苏开撕大戏，而男生们则在学校的论坛上讨论起了这两个女孩子谁更迷人？

原本，这些流言也好，讨论也罢，都只是不了解情况的当事人在私下里面做的，可也是巧，在这件八卦上，偏偏有个 ID 名为"玉玦"的怪才前来插了一脚。在参与"两美"讨论的时候，别人都是两三句话，只有他发了一篇长达几百字的文言文，通篇无一字褒奖，都是对青减的批判与嘲讽。

"孟女曰青减，淮扬人士，不善哭城擅弄舌，乃砺璞质而常为师者以金石待之。清女年幼失诂，十三余年为陆姓人士收，教之以礼，然未授之以德，尝啮一玉树临风之公子于叔伯之前，亦尝于师前调言颠是非，道黑白，弃他人名声，辱他人风骨，可恶，可憎！今苏律选美，余甚至世人皆爱皮囊，然皮囊之下宜存美质，清女德不配位，德不配位！"

洋洋洒洒，顺顺畅畅。在发泄了自己不满的同时，也将自己对语文的热爱之情淋漓尽致地表达了出来。

原本，这种在论坛上发文发言论的人有隐藏 ID 加持，正常的话是不会被发现的，但这个叫"玉玦"的人偏偏作死要用文言文发。

而就在这一年，省内的高考状元就是凭借着满分的文言文考上北京最好的一所大学。所以，这位"玉玦"发文的第二天就被论坛管理员给实名薅了出来，不出所有人意料，正是青减的同桌温如瑾。

校长点名批评了他对同学的胡言乱语，同时也当着全校师生的面褒扬了他对语文的热爱和激情。

"温如瑾这个样子，你还想跟他做同桌？"

升旗仪式上，当温如瑾站在高台边接受校长如滔滔江水般的训诂的时候，站在一旁的谢灵甩了甩马尾辫，笑眯眯地拍了拍青减的肩膀。

青减回过头，阳光刺眼，谢灵人畜无害的笑容亦是扎眼得厉害。

"我当然想换，可是谁跟我换？"她摊开双手，表情无奈。

原本像温如瑾这种又傲气又带着酸孺风格的人就是出名的难相处，如今又有了这档子事儿，谁会愿意跟她换位置。

却不料，她的话音刚落，谢灵就扑闪着睫毛，在白皙两颊弯出了浅浅的酒窝，她一面说："我啊，我跟你换！"一面目不转睛地看着台上的温如瑾，那眸子里流露出了细碎的光亮，"你不觉得温如瑾很有才华吗？我初中的时候在校报上看过他的文章，是关于他所读的金庸的书，他最喜郭靖，想成为的却是杨康，凑巧，我也喜欢那么一对儿！"

她一边甜甜地笑，一边双手放在胸前，做崇拜状，那模样，像是在守护一个期待已久的梦。

"孟小妞，虽然我写文言文说你了，但你自己反思一下，你当着池老师的面说我讲黄色笑话是不是也不对？"

"对，所以我德不配位。"

"我有错是认的。孟小妞，发文吐槽你给你的名声造成了重大影响是我不对，我也道歉了，我们握手言和，以后还是好同桌，成不？"

"不，我不配跟您做同桌。"

"不，您配。"

"不，我不配……"

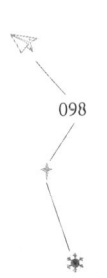

"你今天要是不原谅我，我就不让你去交习题册。你迟交一节课，王老师就改不完，王老师改不完，我们就会迟拿到习题册，晚上的作业就不能提前写……孟小妞，你也不想成为全班的罪人的，对不对？"

升旗仪式结束后，原本在台上还神采奕奕的温大才子下来后立刻转了性，像是一个软体动物一样趴在桌子上死死地拽住了青减的抱着一摞厚厚书本的手不放。

"文人先生，男女授受不亲，你知不知道？"

"知道！"

"那请你撒手。"

"不！君子有所为有所不为。此时，吾以为君子可以为。"温如瑾涨红了脸，摆出无赖的架势，就是死活不撒手，甚至为了不让青减挣脱，指甲还在她白嫩的手上抠出了一道道血痕。

一个不肯松手，一个不肯原谅。

就在青减觉得今天不僵持到老师来，自己是没有办法脱身的时候，只听得"啊"的一声，一只骨节分明的手已然握住了温如瑾的手腕，轻轻一扭，便是温如瑾杀猪一般的惨叫，还有刚走到教室门口的谢灵的一声惊呼"不要"。

青减立马一个激灵。

待到回过神的时候，她才发现，陆嵘铮不知道什么时候已经站到了自己的旁边，撩起袖子的时候薄唇微抿着，神情冷静，像是噙着点笑，但又压着丝丝的火气。

"家里没大人了你以为？"

他鲜用倒装句，也鲜用这种逼问的方式跟人说话，只一句，跟平时冷峻的风格差了老远，反倒是像极了常在学校门口游荡的那些小流氓审问人的口气，带着骨子里原本就有的痞。

气氛一时之间冷到了冰点。

原本在做着各自的事情的同学们也都立即放下了手中的事情，将目光投向了他们这里。但教室里的寂静无声只持续了不到三秒，紧接着便传来了前面几个男生极小声的提醒："老栗来了，老栗来了……"

当事人都下意识地扭过头。

果不其然，一场大战还没有开始，在门口的班主任犀利如刀的目光已经将他们锁定住了。

青减已经数不清这是第几次她因为温如瑾的事情被栗云辉薅到办公室了，只不过不同的是，以往都是她一个人，今天又多了陆嵘铮和谢灵。

"老师知道，减减跟瑾瑾的关系不大好。但是铮铮，他们的关系再不好，你也不能插一脚。这里是学校啊，知识的殿堂，你保护减减，老师理解，可你不能因此恐吓瑾瑾对不对？

"还有你啊，灵灵，前天大锤老师还提到你，说你的化学课程跟不上，最简单的方程式都不会写，你得跟上啊！他们三个闹腾但成绩没落下啊，你说说看，我叫他们来，你跟着干吗呢？"

栗云辉难得语重心长，捧着个杯子就"减减、瑾瑾、铮铮、灵灵"个没完，一张黑圆脸上就差写着"爱生如子"这四个字了。

青减以往还觉得栗云辉处理事情过于快速，但今天听他叨叨个没完之后，才又开始庆幸自己以前真的是被放过了。

"老师，其实他们今天有纷争都是因为减减跟温同学的关系没有处理好。我转来一班之前就听说了温同学的化学和语文作文都非常出众，刚好这两项我挺薄弱的……"

"所以？"温如瑾和陆嵘铮同时出声。

"所以我觉得我可以跟减减换个位置，减减跟铮哥儿坐，我跟温同学坐。"谢灵深吸了一口气，脸憋得通红，鼓足了勇气，原本像是蚊蚋一样小的声音骤然提高了。可她的话刚刚说完，回答她的便是两声非常中气十足的不可以。

"为什么？"谢灵疑惑。

"因为像温如瑾这样的同桌你招架不来，你从小到大没受过欺负，所以不可以。"谢灵刚刚提出质疑，陆嵘铮就不咸不淡地抛出了这个理由。

一句话将谢灵堵得死死的，也让青减原本还算平静的心变得不平静了起来。

谢灵是从小到大没受过欺负，那她也不是从小到大受欺负长大的，既然都在一个屋檐下住了那么久了，又为什么要厚此薄彼呢……

她的眸光黯淡了半分，但只是片刻，那抹灰色便又被眨掉。

"其实，我跟温同学……"

"其实孟同学跟我做同桌挺好的，我也不是什么样的人都愿意欺负。再者，孟同学这位家里的大人现在只怕他的小青梅受欺负了，孟同学多可怜啊，我怎么可能再欺负她呢？"

青减话还没有说完，便被温如瑾笑着打断了。跟之前被陆嵘铮扭住手臂嗷嗷叫的样子截然不同，他带着讽刺说完这么一长串话的时候，就仿佛断了的脊梁又长了回来一般。

青减诧异地扫了他一眼，听得出来他是在为自己抱不平，但还是忍不住纠正："呃，我应该也不可怜。"

"蠢货。"

温如瑾冷笑着轻嗤了一声。

一时之间，整个办公室都安静了下来。

青减冷不丁被骂也懒得再回了，只是乖乖巧巧地低着头认命地站在那里。

再之后，便全凭栗云辉调解。

她一直没再抬头，也正因为这样，才能清晰地看见旁边的谢灵死死揉搓着裙角的手。她能够感受到谢灵的颤抖，她想，这丫头一定快哭了。不出意料，在她有了这样的想法后没过三秒，一颗豆大的水珠子就"吧嗒"一下掉到了地上。

她觉得自己可能是上天派来注定要跟谢灵纠缠的，尽管再无奈，还是忍不住微微抬眼，默默地极其小心地拍了拍谢灵的背。

也许是她的错觉，不知道为什么，在她稍稍抬眼的时候，她隐约感觉到对面有一道极其淡漠的目光在射向自己。

极冷，冷中还粹着她看不懂的深邃和复杂。

她的心"咯噔"了一下，突然就有点难过。

02.

"人，是选择性动物，当有选择的余地的时候，往往会倾向于那个自己更喜欢的。你虽然跟你那个可可住在一个屋檐下，可他未必更倾向于你。所以说，还是跟着小爷我走，有肉吃。"

傍晚五点左右，《天空之城》的万能曲调回响在大操场上，当青减提溜着扫把将她所负责的包干区打扫干净后，温如瑾就背个包不停地在她耳后念叨。

"你叔在外面等你呢，你别跟我废话了。"

她抹了抹额头的汗，忍住将他捶死的冲动，指了指操场栏杆外那个叼着烟，却直勾勾特认真地盯着他们看的人，活生生一出"铁窗泪"。

"我叔在外面等我跟你有什么关系，你是不是觉得我今天帮了你个忙，所以你关心我了？"温如瑾见青减不愿意抬头跟他讲话，便小跑到她的面前，一边往她前进的方向后退，一边贱兮兮地露出八颗牙齿笑，"其实，我帮你也不是白帮的呢，孟小姐，减儿……"

他的声音骤然变得婉转了起来，就是枝头上的百灵鸟怕是都要逊色三分。

"有话快说。"

"好呢，你知道不知道学校要办社团？"温如瑾试探道。

青减不明所以地白了他一眼，往另一个方向走。

"那是高一新生的事情吧，我入学迟，没报得上社团，现在高二的都当社长了，我都没加入过，应该跟我没关系吧。"

"谁说没关系，十一月社团要比赛了，高二没加入过的也可以参加。我去公安大学自招夏令营的时候听说你也想去，老师都跟我说，这名额本该是你的，你高一也玩跆拳道并且跟陆嵘铮交过手，我想跟你试试！"

温如瑾那倒退的脚步倏地一停，丹凤眼突然眯了起来，写满了认真。

一直懒得搭理他的青减听到这句话倒是忍不住笑了。

她手里的扫把径直戳在了地上，然后弯了弯嘴角："你知不知道你男生女相？"不是歧视这家伙，只是他曾经毕竟是一个被她咬得哇哇大哭的手下败将，并且陆嵘铮一只手就能把他给握到尖叫。

这，有什么比的必要吗？

"我是男生女相，可不代表我跆拳道不好。就像我写文章写得好，不代表我就只是个文弱书生。你这个温暾的性子都能有做警察的梦想，我比别的男生长得美些跆拳道打得却好，有什么问题吗？"温如瑾单手一挥自己的刘海儿，眉飞色舞，字字铿锵有力。

"歪理。"

孟青减嘴唇一撇，在听到这样的话后本能地要跟他大战三百回合，目光却刚好瞥到了带着沈绝来打篮球的陆嵘铮，薄唇弯成刀子一样的弧度，没答应，也不拒绝，而是一甩她的小卷马尾，漠然地与那两个人擦肩而过，头也不回地往教室奔去，就像是对待不认识的陌生人。

"好绝情的妹妹啊……"沈绝对上午的事情早有耳闻，虽说不出个谁对谁错，还是抚了抚陆嵘铮的胳膊，啧啧叹惋。

陆嵘铮也见到了青减的表现，却像是并不在意一样。他薄薄的眼皮下有着漆黑到极致的眸子，没搭理沈绝，只是把目光放在了温如瑾的身上，带着没有一丝温度的笑意。

"打一局再走？"

篮球在他手里不停地拍着，发出"砰砰"的声响。

沈绝听这声音听得心慌，连忙松开了陆嵘铮的胳膊，一抬眼才发现，眼前这两个少年就这么站着，明眼人知道这打一局是打球，

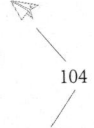

可糊涂的人见着这气氛怕是要觉得他们是打架了。

"你们就这么二打一，不公平吧。加个我怎样，小伙儿？"刚刚还在铁栏杆外站着的聂春江不知道什么时候进来的，嘴里叼着的烟换了，变成了一根雪茄，俨然一副财大气粗的样子。

这种大土豪热衷的东西换在其他人的身上，说白了，是俗不可耐的。

可这人总有一种魅力，把犯罪变成正义，把庸俗变成品位。正如此刻，尽管他脸色发青，写着纵欲过度，在轻描淡写地说出"小伙儿"三个字的时候，也给人一种危险的急迫感，压得人喘不过气来。

"太晚了，我想起来，我爸给我布置了一个生物实验，我不想打球了。"

关于聂春江是京城权贵的话很早以前就在南淮传得满城风雨，他没有承认过，但也从未否认。

沈绝怵陆嵘铮，但见到这人也怵，所以颤颤巍巍着有点想临阵脱逃。

温如瑾是特想应战陆嵘铮，但个子限制也着实是不适合，刚巧沈绝的怂给了他一个临阵脱逃的机会，他便梗了脖子佯装大度地扫了他叔一眼："叔！我也觉得太晚了，我要回去写作文了！"

"两个没用的玩意儿！"聂春江回头，猛地掐断手里的烟，恨恨地嘲讽了一句，"苏律还真是出好学生啊，敢情你们一个要当作家，一个要当生物学家是吗？"嘲讽完后，继续盯着陆嵘铮，"小伙儿，他们不敢上，那我们两个比一比？"

"可以。"

陆嵘铮把手里的球扔给聂春江，语气平静，虽然年龄不及聂春江，但气势也未必输他，原本就不柔和的脸部线条在夕阳下则显得更加凌厉。

温如瑾和沈绝有些呆愣地对视了一眼。

明明都是当事人，可这场战争到底是为什么换了队友，却没有人知道。

在场的人唯一明了且清楚的是，这场球打到最后就像是不要命一样，两个人都疯狂地进攻，不停地扣篮，没有任何人计分，也没有任何输赢的奖励或者惩罚，可就是打出了一种你死我活的感觉，都带着狠劲儿，不死不休。

要不是后来青减从教学楼出来的时候刚好想起簸箕忘在包干区了，和谢灵一同去操场拿的时候，谢灵被聂春江投偏了的球砸中了柔嫩的鼻梁，这场血战，怕是永远也不会有和平解决的时候。

当然，这样的和平，也是靠着谢灵同学一屁股坐在地上，用刺目的鲜血换来的。

"叔，你砸着我的同学了！"

"谢灵！"

伴随着此起彼伏的带着不一样的情绪的叫声，谢灵先是低头捂着鼻子，再之后便是抬起了汪汪的泪眼。

她的鼻梁已然肿了起来，鼻血汩汩地往外流着，因为情绪过于激动，那鼻血还冒了好多次的泡泡。沈绝生怕她血崩，忙按住了她的脑袋强迫她往后仰，她整个身体后倾，在操场上就形成了一个极为诡异的姿势。

就这样，她还不忘向温如瑾的方向伸出手："温同学……你叔叔砸的我，你得背我去医务室。"

谢灵的声音虽娇，胆子虽小，可一碰上这个温同学便有了巨大的勇气，这种勇气的力量甚至比她为了唱歌跟父母顶嘴时的力量还要巨大。

"还不快去？"青减顺势推了温如瑾一把。

温如瑾木讷地摸了一下头，"噢"了一声，然后憨憨地就蹲在了谢灵的面前，等着谢灵自己把胳膊搭在他的脖颈上，显然是没有背过女孩子的经验。

这倒是把所有人都看呆了。

气氛尴尬之余，青减抿着唇忍不住偷偷地用余光打量了一下陆嵘铮。因为刚跟聂春江打完球的缘故，他额前的碎发上都是汗，面色却平静，看着谢灵的时候一点儿波澜都没有，也不生气，也不诧异，跟上午在栗云辉办公室的时候完全是两个状态。

难不成他是因为谢灵对温如瑾的喜欢表现得太过明显，所以内心嫉妒难耐欲发狂到了极致以至于渐渐平静？

她心里纳罕，思忖之间，蹲着的温如瑾却已然被一只手给提溜了起来。

不是别人，而是聂春江，他看起来颇有些暴躁的样子，眉头皱得几乎可以把一只苍蝇夹死。

"今天跟你在这儿浪费太多时间了，这里等过一会儿叫人来处理，你爸说晚上叫你吃饭，我们先走。"他的话是对温如瑾说的，可目光却从少年们的身上一个一个地掠过。

"砸了人就想走，这世上哪里有这么简单的事情？"陆嵘铮刚跟他打过球，未分输赢，淡淡的一句反问压着火气。

青减也连忙站出来嘲讽："是啊，砸了人就走，那杀了人也这样吗？”

聂春江闻言，倏忽一声就笑了出来。

"是啊，砸了人就走，杀了人也这样，你管我？"

他薄薄的唇勾着，回过头来突然好笑地叉起了腰，不盯着陆嵘铮，只是盯着青减。

在看到她脖子上挂的紫水晶的江豚项链的时候，他的瞳孔却是骤然紧缩，深吸了一口气后又带着轻笑从胸腔内长呼了出来："我当是谁家的姑娘，原来是孟家的。孟家的……"

聂春江喃喃重复了几遍，唇边挂着凉薄的笑，眼底却是一片死寂般的漆黑。

"孟家的怎么了，你认识我父母？"

青减的呼吸骤然一滞，是冥冥之中的第六感，亦是对聂春江左眼那道疤的怀疑。她不服输地质问了一声，并且三步并作两步地上前去就用两只手牢牢地握住了他的胳膊。

"松开！小姑娘，我是个怜香惜玉的，但对你没兴趣，你再这样，摔个屁股蹲儿可不赖我！"

聂春江扯了扯嘴角，那些喷薄而上的情绪被他一股脑儿地收进了肚子里，他望着眼前女孩儿倔强的眼睛，字字如刀。

"孟家夫妇的威名全城皆知，抓毒拿赃不成反倒是丢了性命，谁不知晓？"他一面说着，一面用另一只满是烟草气的手去捏了一下青减柔嫩的脸颊，"啧啧，真像孟氏夫妇的女儿，怪不得看起来不太聪明的样子……"

聂春江说着，亦笑着。

那得意忘形地嘲讽英雄的模样，像足了一个罪犯。

青减深吸了一口气，她的旁边是装了垃圾还没有来得及倒进垃圾房的簸箕。尽管在聂春江说完话后，陆嵘铮就捏住了她的手腕，示意她冷静，但她还是一把推开了陆嵘铮的手，然后不管不顾地拿起那一簸箕的垃圾就往聂春江的头上倒了过去。

　　"孟小妞……小叔，这……"

　　其实那簸箕也没有多脏，到底是灰尘多于纸屑，但一旁一直不敢言的温如瑾还是左右为难地大叫出声。

　　"聂春江，你能说出这样的话来，我看你在外面做的也不是什么正经生意，总有一天，我会逮到你！"

　　陆嵘铮拦着青减不让她再上前，她便在他的身后对着聂春江怒吼。

　　聂春江竟也不恼，低头拍掉了那灰尘后，只是慢条斯理地将自己衬衫上的褶皱给一点一点抚平了，而嘴角的笑意从始至终都没有消散过。

　　可这笑并不让人觉得谦和，反倒是让人觉得被冒犯。

　　因为那绝不是善意的笑，而是什么都不放在眼里，仿佛在看跳梁小丑的笑。

　　青减受了十几年的教育，老师们教会了她尊重别人，也教会了她尊重是互相的，却没有告诉她，这世上的人是真的分三六九等的。

　　而有那么一些人，就是可以凭着口舌之快，肆意践踏别人的荣耀，踩碎别人视若珍明的东西。

　　商人之上是资本，资本之上是权贵。而那些众生并不平等的道理，后来，她花上了十余年，才大梦方醒。

03.

　　"我叔那个人就那样，你别管他。这几年，他在外面叱咤风云惯了，难得遇见你这样脾气的，说那样的话就是为了从言语上战胜你，你说他真的有多少的坏心倒是也没有……孟小姐，一人做事一人当，你不能因为我叔就不跟我说话啊……"

　　"嘟嘟……"

　　凌晨两点的南淮，万家灯火早已经熄灭，初秋徐徐的晚风打在人的身上，带着初秋特有的凉意。夜空之中月亮晦暗，但星子却甚是明亮。

　　温如瑾摇摇晃晃地背着谢灵从医院出来，正往谢灵家走。女孩儿手里拿着手机放在少年的耳畔，鼻子上贴了个医用胶带，乌溜溜的大眼睛里写满了对未来的憧憬和笑意。男孩儿则是满头大汗，疲于应付电话那头的冷漠。

　　这是青减第三十八次挂掉温如瑾的电话了。

　　俗话说，一人做事一人当。温如瑾觉得自己分外委屈，自家叔叔砸的人自己背就算了，怎么自家叔叔说的混账话也要算在自己的头上。

　　"天下怎么会有这样的事啊，孟小姐也不是没还嘴，也诽谤我叔犯罪了啊……真是脾气臭。"他绝望无助地一边走，一边嘟囔着问谢灵，"怎么陆家出的两个孩子脾气都不好，陆嵘铮脾气差就算了，怎么孟小姐一个养女脾气也那么差？"

　　谢灵听了直摇头，实事求是地答："铮哥儿脾气是不大好，他虽然疼我，可我从小怕他。但减减的脾气，我觉得算不上不好，或许有时候有些古怪，但到底还是温和的时候多。"纵然青减的脾气不能用好字来形容，但是她翻遍了脑海里所有的与减减交往的场面，不管怎么说，也不能够用一个"差"字来概括。

"好吧，好吧，你们女孩子都是一伙的……"

温如瑾叹了一口气，表示无奈后，便只好将这个话题搁浅，然后礼貌性地开始关心起了谢灵上午说的不擅长的作文和化学。

而那头，孟青减在挂了电话后，戴起拳击手套、穿着陆远安给她买的那套小粉公主睡衣就继续与吊在天花板上的沙袋进行搏斗。

这要是晚上八点，她这么"嘭嘭嘭"还在理。可深夜了，她从回来后就一直持续这么个状态，除了期间挂断了温如瑾的三十八次电话以外，她几乎就没做过别的事情。

陆远安在辖区加班，也没回来管他们，这一晚上的，她连饭都没有吃。

陆嵘铮躺在她隔壁的房间里，微微合目，他本来也就没有睡着，旁边的动静更是吵得他心烦意乱。

从学校回来的一路上，这姑娘就没跟他说过一句话。她用生硬的态度跟他犯拧，他自然也不会惯她这个毛病，便也以同样的态度还报给她。

他闭着眼，在床上翻了一个身，修长的手指扯过枕头将脸胡乱地蒙住。他试图睡过去，但最终还是掀开被子，克制住自己的火气，面无表情地出了门。

青减在房间打得正是尽兴，陆嵘铮来得匆匆，自然也不会知会她，而等她反应过来的时候，整个人已经被他一个过肩给放倒了在旁边的软垫上。

从一而终的温柔。

不变的理智。

似乎这两样东西，陆嵘铮是一直留给谢灵的。而在她的身上，说到底，大部分时候，他解决问题的方式，还是极其粗暴的。

"孟青减，我不知道你今天的不高兴是来自于聂春江、温如瑾，还是我？他们两个我管不上，但如果是来自于我，你大可以说出来。你一直不都是标榜有一说一吗？在这里拿沙袋撒气算什么本事，你要是觉得说不出来，那跟我打一架也可以。"

又是熟悉的约架方式。

青减虽被他摔得有些发蒙，但一肚子的委屈和愤懑也足以支撑她再站起来。

寂静无人的深夜，家里又没有陆远安阻拦加持，她在陆嵘铮那最后一句话说完后，也丝毫不客气，狠狠地一脚踹在了他的膝盖上。

少年的膝盖比她想象的要硬，要结实。她没成功，反倒是脚有些疼。趁着陆嵘铮皱着眉头没来得及行动的时候，她最终还是选择了直接反手锁住他的喉咙，然后生生地用膝盖顶住了少年本不可弯曲的脊梁，用力地将他按趴在了软垫上。

再之后，她一屁股坐在少年的背上，挥起拳头对着他英俊的脸便是一阵猛捶。

"孟青减，你给我住手。泼妇……"

陆嵘铮原本沉稳的声音里也染了丝丝的诧异，这哪里是打架，简直就跟前些日子陆远安在电视上看的街头打小三的新闻一样。

他倍感羞耻，俊朗的双颊晕开了淡淡的红，咬牙切齿之余早已经没有了从前的平静："孟青减，你是不是来真的，从我身上滚下去！"他气息不稳，咬牙切齿的字句从薄唇吐出，怒意早已经不再隐忍，却也只限于口头威胁，实质上并没有什么过激的行动，就连挣扎，也只是怕把她给弄伤的轻微晃动。

可情绪上头的青减却是完全不管这些的。她满脑子只有他刚刚偷袭她，他不想跟她做同桌，他对谢灵永远温柔，而对她总是粗暴，所以一边冷笑，一边继续挥拳头："难得有机会可以惩治你，我凭什么滚下去？"

他越是激她，她就越是起劲儿。

"打人不打脸"这句传了几百年的话在她这里是置若罔闻，陆嵘铮觉得再这样下去，自己是真的要被她捶毁容了，伸出胳膊就下意识地一挡。

也就是这么一挡，青减这才注意到他的小臂上都是擦伤的血痕。理智重新回笼，她一个激灵，回过神看了一下陆嵘铮被她拳头砸得有些发青的嘴角和略微红肿的面颊，刹那间觉得自己好像有些过分了。

她立即从陆嵘铮的背上下来，果断而又飞快地光着脚跳上了床，然后缩在角落里，抱头捂脸。

她怕他打她……

"下来。"

陆嵘铮踉跄着站起来，小丫头挥拳砸他的力气是收着的，只是次数偏多，且刚刚压在他背上的重量是真的重。

他的腰微微弓着，冲她招手让她下来的时候声音偏低，眼睛微微眯着，不带什么情绪，却让人觉得危险。

青减果断地选择不回应，而是直接拿起落在床上的试卷把脸挡住，一副只要我够理直气壮，伤害就找不到我的样子。

陆嵘铮被她气得不轻，却在看到她遮挡住脸的试卷的时候，也不知道是该气还是该笑："你是生怕别人不知道你这次化学考了76分是不是？"

"才不是。"

"是吗？我看你的样子，是很满意这个分数了。怎么你的同桌化学那么好，你一点长进都没有？"他刻薄地嘲讽。

"76分怎么了，这次模拟考的化学的 ABC 线，75 分就是 A 了，我对这个分数是很满意了，多了给我当饭吃吗？"

她终于受不了陆嵘铮的冷嘲热讽了，将试卷扔在了床上，选择了梗着脖子与他正面交火："还有，我的同桌化学成绩是很好，人家不止化学成绩好，作文也很好。可这不代表，他好了我就好啊，他也有他的事情要忙啊！你觉得我是累赘不想跟我做同桌，又何必总扯他呢，还说人家会欺负谢灵，做人不能这么偏心吧。"

孟青减叽里呱啦说了一大串，临到最后的时候，为了捍卫自己在青春期那么一点小秘密的尊严而刻意地模糊了重点。

她没有办法告诉他：陆嵘铮，我的脾气主要来源于聂春江的挑衅，但对你的愤怒是来源于你对谢灵的呵护。

她能够强调的重点只是，我生气，是因为你菲薄了我的同桌。

可她不知道的是，这世上，总有些人能够一眼看破她的伪装，猜透她的心思，只是碍于某些世俗尘寰的桎梏不宣之于口。

陆嵘铮微微抬了一下眼皮，那一连串的话于他而言就如同耳旁风，一晃而过。他仍是冲着她招手，锲而不舍："下来。"

"我不。"

"行，你不下来是吧。"最后的耐心被磨得差不多了，他点了点头，径直走到了离青减位置较近的地方。

她以为按照陆嵘铮的性子是要来秋后算账了，却没想到，他走近之后，往她这边伸了伸手，竟是直接开始扯她的床单。那架势，俨然是要将她的床单卷走。

"陆嵘铮，你干吗？"青减眼见着这剧情的发展越来越不对，也有些慌了，"喂，不是，你报复我就报复我，你把我床单扯走了，今晚我睡床垫吗？"

她下意识地要把陆嵘铮手里收走的那一部分床单收回来，却见他腾出右手，扯着微痛的嘴角，直接指了指她赤裸的脚。

"第一，请你清楚，你的床单在三天前由于个人常犯的木讷过失已经被洗掉了，这是我的床单，是我妈找我借的。

"第二，你也不要跟我扯，我的床单是我妈，你陆姨买的，你来这个家这么久应该知道家里的所有物从来分明，你光着脚在地上站了那么久，又直接踩在床单上，我就有权力将它收走。"

将床单的最后一个角扯进手里，他语气生冷："最后，我看你今天也不准备睡了，要实在困了，就把沙袋拆了吧。"

丝毫不含玩笑的语气。

青减还没有回过神来，就见他真的抱着床单走了，没有再回头。

她赶忙下床去追他，却被"砰"的一声关上的门给砸中了鼻子。

"陆嵘铮，你浑蛋！"少女低声嘟囔，人生之中与陆嵘铮的战争，鲜有歇斯底里，但每一场几乎都是毫无例外地被"KO"。

04.

第二天上课的时候，青减是顶着两个熊猫眼圈去的，而陆嵘铮则是直接挂着一张青紫的脸。

世人多同情弱者和受害者，也是托凌晨那场战斗的福，小孟同学古怪的名声在学校是再度传播了一遍。

"孟小妞，我终于知道你为什么不肯跟我打跆拳道了。"

"嗯？"

"因为，你是心疼我。"

下课的时候，为了弥补自家叔叔对自己同桌的伤害，这是温如瑾这一天第三次拿着青减的水杯乖巧地替她打水了。

"才不是。"

青减闷闷地反驳了他一声，将桌子上的书一股脑儿地堆到了中间，抱着书就轰然倒下。

"下一堂课是化学欸，你这个时候睡觉？"

"别管我。"

她将怀里的书抱得更紧了些，身高已经达到一米六五的她早已经不满足桌子的高度了，只有把头枕在一堆书上，她才能睡得更好。

"行吧。"

温如瑾叹了一口气，嘴里嘟曩了一句"真是我的小祖宗"，手上的动作却不停歇，帮着她打起了掩护，直接将自己桌子上一堆高高的书给挪到了她的面前，为这一张熟睡的脸做好遮挡。

然而，才刚刚挡好没一分钟，就听见了教室外面一群女生歇斯底里的尖叫：

"天啊！"

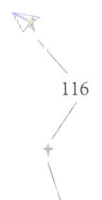

"告白啊！"

"陆嵘铮！"

青减在迷迷糊糊中睁开眼，因为听到了陆嵘铮的名字，忍不住往外多看了两眼，只见窗户边站着一个穿着学生裙的长发女孩儿。那女孩儿的手里拿着一个信封，双手虔诚地伸出，一副呈给皇帝奏折的模样。女孩儿到底说了什么，青减没听清，只知道对面的陆嵘铮一直皱着眉头，眼里透着冷漠而疏离的光。而周围的其他人则在女孩儿说话后，不停地大叫："陆嵘铮，答应她！陆嵘铮，答应她！"

那种情景就像是电视剧里上演的求婚桥段一样。

男二告白。

女主沉默。

周围的吃瓜群众却不肯停歇。

而没一会儿，在一群杂音里，就听见了教导主任张小久那炸裂的嗓音："干吗呢？干吗呢？

"多大年纪啊？以为三十了？搁这儿上演恨嫁呢？

"男女主角，都给我到办公室去，有辱斯文！"

张小久这三嗓子下去，人群立刻全散了。大家倒也不是真的多想要他们在一起，只是高中的生活实在太过沉闷压抑，在起哄中能添加一点花边罢了。

"孟小妞，你知道那个女孩儿是谁吗？"

"谁？"

"高三的江朗朗学姐，就是传言今年的运动会要做主持人给冠军发奖的那个。我之所以想让你跟我打跆拳道，其实也只是因为我们跆拳道社团七个人，对打困难。如果有八个人，我们还可以报运动会。如果能赢，就能得到江朗朗学姐的亲手颁奖。"说到这里，温如瑾刻意压低了声音。

窗外被张小久撕碎的信早已经变成雪花，碎片纷飞。青减皱着眉头，许久才回过神来："你说的是那个江朗朗？"

"对，就是那个江朗朗，江校长的小女儿。"

"就是三次考市里第一，得到自主招生名额后突然只考了一次市里第三十名，被江校长撤掉资格，却裸考比北京最好的那所大学的录取分数线高出三十分的江淼淼的妹妹，江朗朗？"

"答对了。"温如瑾打了一个响指，探究的目光也追随着张小久的身影而去，"不过，江朗朗学姐一直不大喜欢别人提江淼淼学姐。毕竟江朗朗学姐也很优秀的，她和你那个哥哥应该上初中时就认识了，陆嵘铮多年都是学校的风云人物，初中也登过数次校刊。好像是初三那一年吧，江朗朗被一群小混混骚扰，是你哥解救的她，没想到一出英雄救美的戏，江朗朗学姐记了这么多年……"

温如瑾一边说，一边自己就陷入了脑海里面编造出的儿女情长的戏码里，开始艳羡。

而等到他突然想起自家同桌也有说不出口的小心思，想要找些话找补找补的时候，旁边的姑娘早已一言不发地将手上的自动铅笔搅得"啪啪"作响。

"温如瑾，你说我不够优秀吗？"

"啊？"

"那为什么我总是会羡慕别人，为别人的勇气可嘉而感到激动，而到了自己身上却什么也不敢，而且从小到大都没有喜欢我的人……"

118

她的声音越说越低，而眉头也皱得越来越紧。她漂亮，她优秀，可是为什么从来没有人对她说喜欢呢？

"孟小妞，其实你很好了，谁说你要一直羡慕别人的，你……我……"

温如瑾突然感性了起来，支吾了半天，刚想说些什么，却见栗云辉突然站在了门口，拿着教参朝他们这个方向挥了挥。

"减减，到我的办公室来一趟！"

"嗯。"

青减深吸了一口气，低垂着眼睑起来，像个木偶一样，乖巧地往办公室走。

而这一走，便是一整个下午。

除了青减一个下午不在以外，陆嵘铮自从上午被带走后，也是一个下午没回来。据此，大家都怀疑，很有可能是陆嵘铮跟江朗朗早恋了，校长很生气，就把小孟同学也薅去调查了。

大家一传十，十传百，传得还真挺像回事儿。

晚上的最后一节课是作文课，池容也听到了这种说法。她今天请了大半天的假，对前因后果也不清楚，才刚刚来教室，由于太过担忧她的爱徒，便在作文课上到一半大家开始动笔写的时候，她忍不住亲自去向栗云辉要人。

但没想到的是，这丫头并没有遭受什么盘问，只是被栗云辉叫到体育馆里跟江朗朗交接工作而已。

事情呢，说复杂也不复杂，但说简单也绝不简单。

顺下来大抵就是江朗朗抵死不承认自己给陆嵘铮的情书，也抵死不承认自己是在告白，只说那是简单的友情信件，是周围的同学误会了。而校长和教导主任那边虽然也找不到任何的证据，但因此撤掉了江朗朗运动会做主持人的职位。

而青减一向成绩好又乖巧，自然被老师拉过去顶包。

当池容匆匆赶到那里的时候，青减正趴在台阶上看着讲稿，而江朗朗则和陆嵘铮两个人坐在体育馆台阶的另一边，似乎是在交谈什么。

"咦，池老师？"

"减减，栗老师说你在这里，我就过来看看你，你没事我就放心了。别趴在台阶上，凉。不是说你们在交接工作吗？怎么江学姐和你哥坐得远远的？"

池容一边说，一边把青减从台阶上拽了起来，她还是习惯性地把陆嵘铮叫作是青减的哥哥。

怎么就坐得离自己远远的？青减听到池容这个问题，一时之间也不知道该说些什么。自打她被栗云辉叫到体育馆后，江朗朗学姐倒是完全没有给过她好脸色。她听了一部分学姐跟主任的对话，大概意思就是那真的不是情书。

或许江朗朗是觉得委屈，也或许是因为她突然占了江朗朗主持人的位置，所以江朗朗就带着陆嵘铮坐得离她远远的吧。

"工作都沟通得差不多了，就是我从来没做过主持人，嗯……其实也是赶鸭子上架把我给架上来了，我可能不大行。"

青减扯着嘴角对池容苦笑了一下，与其让她去做主持人，不如让她去打一场跆拳道。

闻言，池容才明白小姑娘内心装的都是些什么东西，"唉"了一声，连连拍打青减的背。

"怎么不行？运动会的主持人又不是春晚的主持人，你就坐在那里念念新闻稿，真枪实弹上场不行，这花瓶还不能做吗？"

青减的笑容越发尴尬起来，花瓶……这形容词，也不知道是褒义还是贬义。

05.

在跟池容寒暄完后，差不多就已经到放学时间了。

陆嵘铮跟江朗朗还坐在台阶上讨论着什么，他平时也不是一个多话的人，但跟江朗朗的聊天到现在已然持续了两个小时，中间栗云辉还来叫过他，但像是在对抗着什么一样，他全然没放在心上。

"陆嵘铮，放学了，你回不回家？"

《天空之城》的音乐在操场回荡着，青减收拾好了手上的稿子后，没忍住情绪，从高高的台阶的西侧一直走到了东侧，在背后戳了戳少年的背。

"你手里的稿子理好了吗？确定在运动会上可以按顺序念出来了？"

陆嵘铮扭过头，还没来得及吱声，江朗朗已然从他的旁边探出头来，与其说是问青减，那个脸色难看的样子，倒不如说是质问。

"理好了，学姐。应该可以念出来了。"

"应该可不行。我听说你是一个立志要当警察的人，难道你以后给犯人做笔录定罪的时候也说应该吗？"江朗朗嗤笑了一声，入鬓的长眉扬起，雪白的皮肤衬着她的神情显出几分刻薄，"不过也是，我跟你这种偷人职位的人有什么道理可讲呢？小小年纪，旁人拿你当根葱，可别真拿自己当救场的英雄。"

她说话的声音极轻，但其中的讽刺之意也是真让人很容易上头。

"什么叫偷来的职位，学姐请你注意你的用词。"

青减的脸色刹那之间就变了，哪怕心里面重复了数遍不与傻瓜论长短，但此刻也真的想要跟她争个高下来。

"运动会的主持人本该是我，却变成了你，难道不是你偷来的吗？'没有金刚钻就不揽瓷器活'这句话你不知道吗？我这样说你怎么了？"

江朗朗开始咄咄逼人，每说一句还要往青减那边前进两分。就在青减被江朗朗压制得快要从台阶上摔下去的时候，一只强有力的大手径直上前来抓住了她的手腕，使得她得以重新稳当地在这地面上站着。

"够了。"

低喝出这一声的自然是陆嵘铮。

"你回家去，我等一会儿就回去。"他没有驳斥江朗朗，而是扭过头扫了一眼青减，那双眼里没有丝毫的温情，只有不耐烦与淡漠疏离。

"陆嵘铮！"青减实在忍不住了，一改往日的平和，对他大叫了一声，"中国自古以来的规矩就是帮理不帮亲，且不说我现在是你妈的养女，我是那个亲，这理也在我这里啊，你就不能帮我一下吗？"

"回家去。"

他不搭理她的失控，薄唇里反反复复吐出的就只有这三个字，显然是连稀泥都不愿意和一下。

青减又失望又郁闷，顾及着不能让江朗朗太过得意，便只能咬着牙对陆嵘铮低喊："我这辈子都不想再理你了！"然后，一扭头，就像一阵风一样飞奔出了这个体育馆。

"你这个妹妹，脾气倒是不小。"江朗朗望着少女的背影冷哼了一声，转而又同情似的看着陆嵘铮，"你也是过于大度，要是我早就把她赶出我家了，哪能放任她这样。"

"她不是我妹妹。"

"也是，孟青减同学的古怪在全校可都闻名，还真是不配做你的……"

"她不是我的妹妹，但是我的亲人。"

江朗朗的话说到一半，陆嵘铮回过头去便面无表情地打断了她，那脸色比刚刚面对着青减的时候还要难看上几分。

"学姐，看在你大我一届的份上，我还是叫你一声学姐。虽然我也为今天大家误会我们关系的事情感到抱歉，但你比谁都清楚，当着所有同学的面向我递出一封信，任凭大家以讹传讹，不解释，你是为了激怒江校长吧。你有你的理由，我不拆穿你，但是'偷来的职位'这五个字，我不希望在任何人的嘴里再听到。"

他的声音冷硬得如同他面部的线条一般，而最后一句话，说是奉劝，更似警告。

"为什么？"

"什么为什么？"

"他们都说你很讨厌孟青减的，她来到了你的家庭，分走了你本就不多的一半宠爱，你为什么还帮着她？"江朗朗歇斯底里地大喊，似乎也联想到了自己和姐姐的关系。

陆嵘铮听她如此说，又是好气又是好笑："亲疏远近，我帮理不帮亲，我不帮她，难道看着你们欺负她？"

说完这句，他知道跟江朗朗无话了，便提脚要走，但还未迈出两步，身后便是江朗朗刻薄而又偏激的冷笑："胆小鬼！陆嵘铮，你对人家好都不敢表现出来，你也不过就是个什么勇气都没有的人！"

她将手里所有的东西都猛地砸过去，不偏不倚地砸在少年的身上。

胆小鬼吗？

少年的背僵硬了几分，但仅是片刻，又迈着大步子假装什么都没有听到一样继续往前走。

第五章

致岁月仓皇

梦里铺天盖地的血红，耳边汽车呼啸的悲鸣，
本就是这样，天下没有不散的筵席。

01.

陆嵘铮的十七岁生日在运动会那一天。

情绪上头时说的再不理他的话因为这样一个重要的日子被青减忘得一干二净，她不蒸不馒头争口气公式化地完成了运动会的主持，同时还在陆远安的提议下跟陆嵘铮在当天的晚上去看了那一年重新放映的一出争议颇大的电影《荆轲刺秦王》。

宏大的战争场面，惊心动魄的生死抉择。

结束后，陆远安毫不例外地问了一个当年包括很多媒体都在提的问题。

"吕不韦，是杀还是不杀？"

青减说："不杀。"

陆嵘铮说："杀。"

因为这个问题，他们在飘着鹅毛大雪的电影院前争论了很久，那是南国 2010 年的初雪，从未有过的早，一个举出了世俗人伦的道理，一个则是列出了历史进退的变迁。他们站在两个格格不入的阵营，诉说着风马牛不相及的道理。

每个人都想赢，而每个人都不让步。

后来，还是陆远安看不下去出面调停："宝贝们，我呢，也不像你们的老师一样每一件事情都要你们用辩证的思维去看待，但是呢，你们也要知道，这世上不是每一件事情都有对错。有些事情，本就无解，人的开心有时候来源于让步。"

她简单地诉说了作为一个母亲活了四十多年的人生的经验，可惜的是，没有一个人真正地听进去。

他们都早已拥有了自己的思想，而命运的分界线，回头想想，在这一刻大抵已经现出了端倪。

从电影院出来后，陆远安就直接带着他们回了家。

陆嵘铮的十七岁生日，自然也少不了他父亲贺萧的光临。在客厅一桌子珍馐的面前，那是青减第一次见到贺萧，清隽的身形，戴着黑框眼镜，穿着裁剪非常合身的黑色西装，有一双跟陆嵘铮同样锐利且黝黑的眸子。

七成的相像，唯一不同的是那股子浑然天成的书生气。

"这是减减？"

他从餐桌的椅子前站起，理了理领带，露出了一个标准的成功人士的笑容。而随着他的走近，陆嵘铮却径直挡在了青减的前面，色厉内荏，近乎低吼出声。

"我妈请你来只是让你吃个饭，她是谁，跟你有什么关系？"

贺萧的神情在刹那间变得有些苦涩，也有些尴尬。青减看得出来，他向她走来的时候大抵是要伸出手来摸她的头的，但被陆嵘铮这么一吼，却连手也不知道该安放在何处了。

原来，这个世上，最让人窒息的气氛并不是无休止的争吵，而是连争吵都懒得的相见无言。

"陆姨，我饿了，吃饭吧。"

为了让气氛不再僵硬，青减仰着脸一边说，一边把陆嵘铮拽到了餐桌前坐了下来。

先前的几个小时，他们一直都在电影院，这一桌子饭菜都是贺萧在隔壁餐馆点好送来的，味道很好，但大家都食之无味。

吃到一半的时候，贺萧或许是觉得难得来一趟真的完全不交流，有点亏，便觍着脸问："铮哥儿，你妈说你还是跟以前一样，考试次次拿班上第一，你以后想去哪里啊？"

"北京。"

"北京好啊。"贺萧点点头，埋头塞了几口饭又问，"那铮哥儿，你日后想做什么啊？"

"法官。"陆嵘铮淡淡道，尤觉不够，又嘲讽似的补了一句，"惩奸除恶，匡扶正义。"

陆远安正在盛汤，似乎是被自家儿子的话惊讶到，手没拿稳，勺子啪地又重新掉到了汤盆里。

那溅起的热腾腾的蛋花汤不偏不倚地射中了贺萧的脸，他扭过头去擦了一下，明明射中的是脸，擦的却是眼。

一个在法庭上受过审判的父亲。

一个明明不想做法官却说违心话的儿子。

这样的环境实在是压抑，可父子之间的关系又绝不是常人可以调和的。有那么一瞬间，青减突然觉得前几天因为江朗朗和谢灵与陆嵘铮发生的冷战都算不得什么，再没有什么事情，比此刻坐在这里更痛苦的了。

于是乎，在这样的一种情形下，她胡乱地扒了几口饭，就不厚道地回了房间，只留下了他们一家三口待在客厅里。

也是巧。

刚刚回到房间躺下，手机就立刻响了起来。她拿到耳边接听，对面便是温如瑾咋咋呼呼的宛若流氓的声音。

"孟小妞，你不是英语比较好吗？今天卷子后面的四篇阅读理解答案报一下！"

"自己不会上网搜吗？"青减一个白眼差点翻上天，脑子里只有一个想法，这人是不是有病？

而对方却炸开了："什么上网搜？今天是不是你哥生日？沈绝他们都说了，你们一家人去看电影了，你心里肯定高兴着呢。前几天说的狠话没空找补，你这时候是不是已经贱兮兮地把你织好的围巾给他送过去了？"

"什么就贱兮兮了？温如瑾，你要好好学学说话的艺术，还有，你什么时候看见我织的围巾了？"

青减有些心虚，她早在几个月之前就知道了陆嵘铮的生日，怕被周围的人发现，围巾的材料还是去离家几千米的地方买的，而且也没在房间以外的地方织过啊。

"若要人不知除非己莫为。你的围巾样图可就在你语文书里夹着呢，当我傻是不是？我不管，作为我的同桌，你今天花在你哥身上的时间不少，也应当花在我身上一些。"温如瑾似乎是为了存心硌硬她，一口一个哥，听得她的心头直上火。

"AAABBCCDDACD。"为了报复，她胡乱地报了一串英文字母，然后第 N 次耐着性子跟温如瑾重申，"我姓孟，陆嵘铮姓陆，我跟他没有半点血缘关系。我的户口也在我舅那儿，甭管国内国外，这都叫寄养，不是兄妹。"

"怎么不是了？俄狄浦斯的故事……"

那头的人继续采取硌硬的战略，还想再说什么，但青减已经不想再听了。倒不是因为心情，而是客厅里突然又有了说话的声音，并且那声音似乎还被刻意地压低了。

她把房间的门微微打开一条缝去看，发现陆远安不知道什么时候已经出去了，餐桌前只剩下了陆嵘铮和贺萧。

她看见陆嵘铮拿了一沓钱递给了贺萧，面上没有什么表情。

贺萧愣了愣，似乎是诧异，却也接了。

再之后，陆嵘铮就腾地站了起来，往房间走。她吓得立刻要把门关上，却不料，还没来得及关，陆嵘铮已然靠在了她的门前，并且在恬不知耻地推开了她的门后，伸出手："我的礼物呢？"

他的眼底有着清晰可见的疲惫。

青减愣怔了片刻，没理他，走出去一看，贺萧也已经走了。

这两人大抵都喝酒了。

"你又怎么知道是有礼物的？"她不去想他们父子之间的事儿，只是狐疑地看着他。温如瑾知道了不谈，怎么连他也知道？

"你去年生日的时候，我再不喜欢你，也送了你一堆侦探书。

129

你不送我东西，说得过去？"他喝醉了的时候跟往日的正经全然不同，眼角眉梢都带着轻佻，就连话语里也是。

说得过去吗？

是说不过去。

别说高中生，就连幼儿园的小朋友都知道，你拿了我一个苹果，我也要还你一个。

仔细想想，他的逻辑是没问题，也是多亏了他的逻辑，青减一直不知道怎么给他的围巾才终于从枕头底下被拿出，重见了天日。

那是一条灰色的针织围巾，她特地用攒了几个月的小金库买的水貂毛线，展开一看，还真有点像个围巾样儿，只是针法不紧密，略微有些松散，遍布着一个一个的大孔。

"我也就能搞成这样了，你要是嫌弃不好，让江朗朗或者谢灵给你织也成。"她别扭地塞给他，眼神躲闪。

陆嵘铮将那围巾拿在手里仔细地看了两眼，似是在进行一个醉酒者的思索："这么早就给我准备围巾，莫非这个冬天我们不会再见了吗？"

"当然不是。如果是，那就是你让陆姨扫地出门了。"她吃不透他的心思，却觉得这人喝醉酒之后逻辑格外奇怪。她一边说，一边把他往外推，"明天期中考复习，你回去睡吧，要是栗老师发现你喝酒了，一定给你写张大字报贴教室外面。"

他力气大。

明明大部分喝醉了酒的人都是摇摇晃晃的，可他却偏生能够好端端地立在那里，风雨不动安如山。

也是这么一瞬间，青减才发现，他大抵也不是从来都没有让过她。先前的那些打打闹闹里，偶尔她能打赢他，也许还真不是侥幸，而是他手下留情了。

"陆嵘铮，你到底要干吗？"她推累了，便有气无力地仰头问他。

而他却低下头，对着她笑了笑。

昏黄的灯光下，他的一双眼漆黑如同星子般，声音却又轻又沙哑："电影《流浪者》里说，小偷的儿子永远是小偷，那是不是说罪犯的儿子永远做不了法官？"

他说完，似乎是酒意席卷了上来，没等她回答，就慢悠悠地倒了下来。其间，他的下巴磕到了她的肩膀。其实磕的那一下也不是很重，青减却刹那间觉得很疼，是那种让眼睛有些胀的疼。

"只要我们的心中有正义，我们来的方向不重要，我们去的方向才重要。"

绰绰灯影下，她看着少年，一字一顿轻声道。

罪犯的儿子不会一辈子是罪犯。

英雄的儿子也未必就是英雄。

她想，也许有一天，他们长大成人，也会面对未知的前路，可不管发生什么，光的方向，大抵都是不会变的。而他们，只要向着光，就一辈子不会走错路。

02.

陆嵘铮醒来的时候已经是第二天早上了，他没有躺在自己舒适的房间里，也没有躺在青减的房间里，而是睡在了铺了一层薄被子的客厅走廊上，脑袋还是对着卫生间的方向。

桌子上放着两个鸡蛋和一杯米汤,应该是青减做的。她去上课了,并且给他请了假想要让他好好睡,才没有叫他。

有些混沌地站了起来,他一米八的大个儿晃了一下,头还稍稍有点晕,扶着墙休息了一会儿,等到抬起头时,却又发现门口站了一人。

不是别人。

还是他不省心的父亲。

"铮哥儿,昨天有些话我没好跟你讲,今天我在你们门口守着,看着姑娘出去了,有些话,我今天特地来告诉你。"

贺萧今天穿得可比昨天朴素多了,洗得发白的外套和一头在空中飘得凌乱的碎发,和昨天简直是判若两人。

"我没什么话要跟你说,你走吧。"陆嵘铮有些不耐烦地转过头去,随意地拿了一个鸡蛋就想进房间关门。

而贺萧却是穷追不舍地上来。

"铮哥儿,你听爸说。爸知道这几年爸的律师资格证被吊销后没少给你妈添麻烦,也知道爸偶尔装成功人士的行为让你反感,可尽管你再不喜欢爸,爸也担心你。你是爸心头掉下来的肉,爸得说,你离孟青减远点儿,她不是你惹得起的姑娘。"

贺萧一边说,一边试图把手放在门边,以挡住陆嵘铮关门。他这样的劲头,像足了一个无赖。

陆嵘铮面上的不耐烦更深一层,却强压着火气不显露。他也懒得跟门作对,只是自顾自地走到了桌子前,然后一点一点看似耐心地剥手里面的鸡蛋。

而这期间,贺萧的话从头到尾都没有停过。他的本业是大律师,

舌尖上的本事是十足的。

陆嵘铮本带着自动屏蔽装置，不愿意被他一张巧舌如簧的嘴唬住，可听到后面，眉头却越加深锁了起来，就连脸色，也越加难看。

"她是我们家欠下的债……你说干净，我是不干净，可你妈也未必有多干净。那丫头还小，现在不清楚，可你敢保证她将来不清楚吗？你妈是做错了事的，法律不判她的罪，可在人情上这已然是逃不过的死刑。铮哥儿，你离那丫头远点儿吧。"

贺萧来之前就像是打好了草稿一样，长篇大论，其中的内容更是将陆嵘铮说得背上出了细细密密的冷汗。而那一个水煮蛋，他吃了一口后，自然再也没有能够咬得下第二口。

陆嵘铮觉得脑子开始混混沌沌，亲爹说的一系列话像是乌云一样围在脑袋上转啊转，他头痛欲裂，只知道，在清醒过来后不由自主地对贺萧低吼了一声："离开这个家！"

那是他在贺萧入狱归来后第一次带有浓重情绪地同贺萧讲话。

而贺萧大抵也觉得这个儿子冥顽不灵，脸涨得通红，拳头攥紧了。

"铮哥儿！"他大叫，还想说什么的时候，已然被陆嵘铮结实的臂膀给拖拽了出去。

"铮哥儿，我是真的操心你们。小时候我们养的狗死了，你都难过半天，而她舅舅把她送来就是送了一只狼，你妈有愧，所以待她如亲女儿，但你不可以……"

"够了！"

陆嵘铮是真的听得不耐烦了，快要把贺萧推到门口的时候，也不想顾念这位是父亲的身份，忍不住咬牙道："从此以后，你为你的稻粱谋，我们家的事你少管。还有，今天你跟我说的事情到此为止，除非有一天她自己知道，我不希望你生事。"

最后一个字说完后，不等贺萧再叫他的名字，他就直接把门给"轰"的一声关上了。

门那头的人却还在继续，那个声音不停地说着："铮哥儿，你不知道……你不知道……"

陆嵘铮在门后想要冷笑出声，疲惫地捏了捏山根后，又冷静了下来。

他怎么可能不知道？

他什么都知道。

如果他不知道，又何必做个胆小鬼呢？

03.

窗明几净的教室里，栗云辉上完下午的最后一节数学课后跟学生们开始絮叨地讲述第二天期中考试的细节。

跟以往的考试略有不同，这算是高二在进行小四科的考试前的最后一场语数英物化的综合考。

按照省内的规矩，下学期的四月左右将会迎来小高考，物化班要考的小四门是历史、政治、地理和生物，合格是 C，但稍稍好一点的学校都要求 4A。不说别的，4A 在省内学校是会加五分的，因此，大部分学校包括苏律都会在高二上学期的中旬开始停课，所有的心思全都放在小高考上。

按照栗云辉悲伤的说法，那就是后面半年他就只是班主任，数学课也停了。

这是省内高考改革后各个学校按照学情做出的不成文的规定。

大家冷不丁要跟主课老师 Say Goodbye 都心有不忍，却也明白这是大势所趋。毕竟，在选了物化后，小四门是真的没怎么好好学，别说 A，不急训，拿 C 都困难。

"孟小妞，你说，这小四门的 C 跟我们选修的物化的 C 到底有啥区别呢？"栗云辉说完后，温如瑾趴在桌子上，发出了灵魂的质问。

青减正在给先前栗云辉说的话做总结，听到温如瑾的问题后，歪着头想了一下，然后低声答："嗯……物化考 C 是在二本大专院校待着，小四门可以考 C，但是如果考了 D，就不能参加高考了。老栗应该是这个意思。"

温如瑾"哦"了一声，陷入了沉思："那是不是说这是半年内唯一的一次综合考了啊？"

"对吧。"

"青减，你说这次的第一会是我吗？"

他把头枕在胳膊上，扭头看着面前黑发垂肩的姑娘，扑闪着天真无邪的小眯眯眼，问着颇有些欠揍的问题。

第一第二花落谁家的问题，本就是说不准的，青减懒得回答这种愚蠢的问题，便淡淡地答了一句："我怎么知道。"

她不像谢灵似的，温如瑾说什么都说好，都说对，也正因为如此，在很大程度上挑起了他的愤懑。

"你瞧不起我！孟小妞，你就是瞧不起我！

"如果今天是陆嵘铮问你谁考第一这个问题，你绝对不会这么说。我还告诉你了，这次的第一一定是我！"

他就像是被戳中了痛脚的老鼠，突然一拍桌子就站了起来对着青减一阵嚷嚷。这嚷嚷声足够大，大得让还在讲台上讲细节的栗云辉目瞪口呆。

"你声音能不能小点，现在还在上课。"青减闷声提醒，也是被周围齐刷刷的目光射得有些羞愧，一边说，一边拿书挡住了脸。

栗云辉在台上也很是尴尬，只得一边咳嗽，一边道："男孩子有理想有抱负，是好事哈！"

再之后，连稀泥也懒得和了，直接转入他要讲的另一个事情上，教室里便又重新收获了宁静。

而同桌俩则是因为如此莫名的问题闹了个不愉快。

深秋的景致一直很好，从苏律高中回家的小径上都是飘落在地的丹枫叶，红的像火，橘的似花，带着秋季特有的肃杀萧瑟。尽管街市上行人很多，可仍旧透着一种清冷寂寥的美。

陆嵘铮没来上学。

今天是小孟同学独自背着书包回去的一天，大约快到家的巷子那里的时候，一阵自行车的急刹车声蹿入了她的耳朵。

尖厉的呼啸声，像是指甲在刮黑板，让人抓狂。

两三秒的工夫，温如瑾已然骑着自行车在青减的面前打了个圈，是在炫技。

"喂，孟小妞，你看不出我在追你吗？"

她下意识地遮住口鼻阻拦沙尘，在听到温如瑾没皮没脸的这一句话的时候，冷不丁皱眉，像是看病人一样看着他。

"你为什么追我？我又不喜欢你，你追我干吗？而且我们都是高二的学生，说追不追的，你不觉得荒唐吗？"

青减站在温如瑾的自行车面前，薄唇弯成刀子的弧度，一连反问了三句，说到底，是觉得好笑更多。

温如瑾不放弃，结巴地说："我们不早恋，我追你，只是要和你共同进步。如果我考取了第一名，你得跟我进行一个两年之约！"

"凭什么？"

"就凭你是班长，鼓励同学学习是你该做的。"

一片硕大的丹枫叶子从头顶落下，顺着青减的刘海儿砸到地上。她微微愣怔了片刻，整日在堆积如山的作业和牵扯不清的家事里面忙，她都几乎忘记了自己还有这么一个磨人的职位。

"成！不过……"

"不过什么？"

"不过你要知道，你高一最后一场考试是第一名不错，但近期你都没有考过第一名。所以，我给你放宽，你不是要跟陆嵘铮比吗？你考过他，我就跟你进行两年之约。"她直起背部，一双沉静如水的眼睛里写满了认真。

青减从不是一个轻易许诺的人，但凡许了除非天崩地裂，大抵是不会食言的。

温如瑾得到了这样的许可后，也许是兴奋得过了头，也或许是连自己姓什么都不知道了，一溜烟地从车上冲下来，直接就把青减拉上了他的车后座。

他的动作过快，也过于生猛，等到青减反应过来的时候，她已然感受到了飞速掠过的树影和人，以及这深秋时节的阵阵凉风。

"温如瑾，你以后能不能征求一下人家的意见？"她的眉头聚拢，对着少年低声喊。

得到的却是掷地有声的两个字——

"不能!"

04.

送完孟青减回家后,天色已经不早了。

温如瑾的家住在南淮小城最热闹繁华的东区,离学校有十几千米的距离,他的自行车原本是辆跑车,但为了能够带人特地加了个后座。平日里,他都只骑个四五千米,就停到街心的那个咖啡馆里,然后坐着自家的车回去。

今天自然也不例外。

一路上,他都是哼着小曲骑的车,可到了街心的咖啡馆的时候,在见到自家的车子外,还同时见到了背着一把大吉他站在晚风中的谢灵。

"刺溜"一声,车子完美地来了个刹车。

"怎么还不回家?"温如瑾问。

"我新写了一首曲子,我妈不让我在家里弹,铮哥儿我又找不到,所以我想弹给你听。"谢灵的背挺得笔直,下巴高高地抬起,不似从前的柔弱,温和的眼底写满了坚毅,像一只高傲的白天鹅。

"在这儿弹?"

"不,到咖啡馆里。我还带了最近不会的几道化学题来问你,那个方程式我没怎么懂。"她果断地回答,大有步步紧逼的意思。

温如瑾本想答应,可一想到一个小时之前自己刚跟小孟同学许下两年之约,再听别的女孩子唱歌似乎有点违约的意思,所以,又

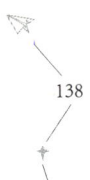

犹豫了。

这个时候，谢灵的手机突然响了起来，她的柳叶眉拧得像根绳一样低头去拿手机，而在看到屏幕上的名字后，眉头更是皱得不能再皱。

"减减？"

"孟小妞，她有事吗？"温如瑾听到青减的名字连忙跳起来要往谢灵手机旁凑。

谢灵往远处走了两步，才继续问："怎么了？出什么事了？"电话那头的信号似乎不是很好，总发出沙沙的声响。

青减的声音模模糊糊，两个人凑在一起听了大半天，才明白过来。

陆家着火了。

青减回去时一个人没有，就想着煮蛋，可煮的时候睡着了，一觉醒来火已经三尺高。打电话给谢灵是因为消防车、陆远安都通知了，独独一个陆嵘铮找不到，想来问问谢灵，陆嵘铮在不在她旁边。

结果当然是不在。

像这样棘手的情况，大家都是第一次遇到，尤其是在温如瑾看来，这小妮子回去才一个小时不到，就弄得如此糟糕，真是荒唐。

但内心吐槽归吐槽，温如瑾还是将自行车的车头一转，带着谢灵就往失了火的陆家去看情况。

他前半程带孟青减回家的时候，就花了不少力气，现在带着谢灵，踩脚踏的腿都很虚浮，因此，晃晃悠悠地踩了半个小时，才到陆家。而那个时候，消防车刚走，火已经被熄灭了，陆家的大铁门紧紧地关上，他们两个上前去敲，也没有人开门，却能够清晰地听见从里面传来的陆远安放射性非常之强的教训声。

"说了多少次不让你做饭，家里没人就点外卖，减减啊，陆姨不是生气房子烧不烧的问题，是因为今天这火起得也太冤了。煮个茶叶蛋睡着了，一觉醒来，厨房着火了，万一你没醒来，被这火给闷里面了，怎么办？

"你不觉得可笑吗？合着你们家满门忠烈，就你是因为一个冤枉的电器起火死的？这么荒唐又可怕的事情要真是发生了，将来我到了九泉之下，都无颜见你的父母！"

乌七八糟的客厅里堆满了刚刚救火用的不锈钢盆，青减垂着眼睑跪在地上，脑袋上顶着一个盆。昏黄的灯光打在她圆润的侧脸上，陆远安每说一句，她就扑闪一下睫毛，以表示自己听到了，认错的态度端庄而又乖巧。

陆远安见她这副逆来顺受的样子，有气却也不知道怎么发。

餐桌上放着一把戒尺，那是陆远安专用训诫物品。陆远安早就想好了，如果这小妮子还像上次打人的时候那样冥顽不灵，就狠狠揍她一顿。

但此刻，为了解气，她也不舍得打孩子，就凑到悬挂着的沙袋前一阵乱打。

"嘭嘭嘭！"

"嘭嘭嘭！"

沙袋被捶得左摆右晃。

而门口的人听得也是心惊肉跳，由于没法推门进去，两个人开始在门外牛牛讨论起养母打孩子犯法不犯法的问题。

正当这个话题走偏到一半的时候，两人的肩都被身后一人拍了一下。

"你又是怎么了？"

谢灵惊诧出声，在她面前的，是浑身湿透、眼眶底下浮现出大片的青色、脸色白得骇人的陆嵘铮。

"没事，掉水里了。你们怎么在这里？"他耷拉着的眼皮随意地抬起，声音略带些沙哑，显然是不知道家里发生了什么。

谢灵本想好好告诉他来着，但温如瑾在看到他这种对什么都漠不关心的态度的时候，正义感突然就爆棚了，一时没忍住，劈头盖脸就是一顿责骂，大概意思就是天下怎么会有你这么不关心家人的人。

陆嵘铮当然不会听温如瑾教训了。当温如瑾刚提到着火的时候，陆嵘铮就直接皱着眉头把弱小无助又可怜的温如瑾给推到了一边，掏出钥匙就直接开了门。当然，开了门以后，为了防止温如瑾找空子进来，他连带着谢灵也一起关在了外面。

这一大家子都齐了，也算是虚惊一场，温如瑾不打算自找没趣了，嘀咕了一句"请我进我还不进呢"，然后傲娇地决定跟谢灵去咖啡馆听歌，订正习题。

他们原本就是两个吃瓜的孩子，心里的石头算是放下来了。

而这边，客厅里，陆远安本来火气消了不少，看到自家儿子后又是火冒得三丈高。

"你下河洗澡了这是？这边着火，那边落水，呵呵，你们两个倒真是有意思！"陆远安活了四十多年，没一天这么憋屈过，那个舍不得打，便只好打这个，她恨铁不成钢地抬脚就向自家儿子的膝窝踹去。

陆嵘铮多年被陆远安粗暴对待，早就有经验了，一个闪身，便灵巧地躲过了。这在平时倒也没什么，可今天陆远安穿的是高跟鞋，混乱之中没站稳竟是生生地向那尖锐的桌角撞去。

青减眼疾手快地站了起来，用手挡住了那尖锐的桌角，陆远安幸运地没有撞到。可就在大家都松了一口气的时候，陆远安却突然蹲了下来，捂住心口的位置，埋着头，脸色惨白，那汗滴就像是凭空出现的一样，短短十几秒，就像是从水里捞出来的一样。

"妈！"

"药，包里的药……"陆远安的声音断断续续。

陆嵘铮脸色大变，三步并作两步走到沙发前，拎起包就把里面的东西往地上倒，这才发现包里有好几盒速效救心丸。

原来陆远安心脏不好已经好久了，只是他们都不知道。

青减给陆远安倒了一杯水扶着她坐起来，陆嵘铮将药缓缓送入陆远安嘴里。她咽下去一会儿后，又粗重地呼吸了好多口，那脸色才渐渐恢复如常。

陆嵘铮让她去医院，她也不肯去，只是想起了什么一样，疑惑地盯着自家儿子看。

"你去哪里了？怎么湿成这样？还有，我在所里的时候，你打电话给我说有事跟我说，是什么？"

陆嵘铮微微一愣，漆黑瞳眸里的光黯淡了。

他低垂着眼，没看陆远安的眼睛，灯光打在他高挺的鼻梁上，有些沉郁和躲闪。

"没什么。"

05.

扶着陆远安躺下，陆嵘铮回到房间里已经九点多了。他翻来覆去睡不着，在凌晨两点的时候，终于又走出房间，来到了厨房。

墙壁被烧得乌黑，有瓷砖的地方可以用抹布擦干净，贴了墙纸的地方则脱落得丑陋不堪。他的眉头轻拢，拿起扫帚开始打扫。

被称为罪魁祸首的煮蛋器完好无损，而地上是烧了纸后留下来的灰。

他背对着门口，扫得专心，却也注意到身后有一道目光紧紧地盯住了他。

苏律高中小高考前的最后一次主科考试。

孟、陆两人的名次从学校前五双双掉离了班级前二十，所谓学习生涯的滑铁卢，不过如此。

而年级第一，竟然真的落到了温如瑾的手里。

成绩单被贴到后黑板的那个课间，温如瑾又蹦又跳地往青减的手里塞了一张字条，字条上写着"期待我们两年后的大学生活"，他那个嚣张劲儿就仿佛他俩要同居似的。

青减扫了一眼字条，"噢"了一声后，又笑着塞还给他："抱歉，我要报警校，跟您这个未来中文系的大才子不搭边。"

长长的一句话，显然昭示了这世界的薄情。

温如瑾大怒："喂，孟小姐，你怎么能说话不算话，欺骗人？"

青减将一页书翻过去："我欺骗你什么了？我又说什么了？我是向你立誓了，还是跟你歃血为盟了？你说我欺骗你，那你少了什么了吗？"

"你！"温如瑾气得发抖，委屈得连眼眶都红了。仔细想想，他是没少什么，还获得了年级第一的成绩，可是，他觉得心空了啊。

"我不管，你把我的心还给我，还给我！"他恼了，便开始撒泼，脚跺得就差把楼面给跺坏了。

青减起初捂住耳朵，口中念着英文单词不管他；可后来温如瑾的撒泼声太大了，她也自知理亏，便干脆拿起桌子上的杯子去打水了。去的路上路过老师办公室，她不在意地往里面瞥了一眼，刚刚好就看见了刚出来的陆嵘铮。

"走，我们去游乐园。"他手里拿着两张门票和两张假条，难得挑起眉毛笑得恣意悠然。

青减惊得下巴差点掉下来："我们刚考了一个糟糕的成绩，家里也刚被烧了，你还有心情去游乐园？"

"怎么不能？今朝有酒今朝醉。"

他淡笑了一声，接过她手里的杯子径直放在了饮水机上，然后不管不顾地就拉着她走。

陆嵘铮的心思，青减是从来看不透的；而青减的心思，陆嵘铮却能够一眼看透。

像是一杯牛奶和一杯水，天生就活在食物链的两极。

在一群带着孩子去玩耍的大人堆里，他们大笑，大声尖叫，但仅限于在旋转木马上。那个扬言进了游乐园只玩刺激项目的姑娘在第一轮坐过山车上就惨败加呕吐了。陆嵘铮嘲笑她有常人没有的胃，却还是耐着性子陪她在旋转木马上坐了好几圈。

他以为她热爱的是这个。

事实上，她也只是以为他热爱。

临到闭园的时候，他们打算在晚霞下坐的摩天轮突然出了故障，五六十个人停在了半空中下不去，也上不来，只剩下了尖叫。

偏偏，游乐园对面的游戏大楼开业，在这黄昏时分放起了鞭炮，一阵接着一阵，知道的是在庆祝开业，不知道的以为是在嘲笑摩天轮的卡壳。

周遭有人大笑起来。

孟青减和陆嵘铮也跟着笑。

他们在晚霞下都眉眼弯弯，而一阵鞭炮声过后，那笑声亦停止，像是从未出现过一样消弭不见。

"陆嵘铮，你说我们会永远这么无忧无虑下去吗？"出游乐园的时候，她把手挡在眼睛前望向远方，那是她一眼望去看不到的地方。

"人不可能无忧无虑的。"

他把手插进口袋里，晚霞的剪影落在侧脸上，十七岁的少年早已经有了成熟隽永的模样。

"为什么？"

"因为会变，时间会变，人会变，爱恨都会变。"他扭过头淡淡地笑，似是想起什么一样，将目光落在了她的身上，"如果一个人，她曾经真心对待过你，但她因为不在意、不知道而犯下了不可饶恕的罪过，你会原谅她吗？"

"分情况，也许会原谅。"

青减耸肩，低下头随手将脚边的一个易拉罐捡起投进垃圾箱里。他们的前方是一个圆形的广场，再向前就是学校了，走读生们都背着书包晃晃悠悠地回家，时而有几个认识的同学会跟他们打个招呼，两人都一一应下。

兴许是陆嵘铮最后说的那个话题太沉重，也兴许是玩累了，回去的路上反倒是没有什么话。

学校门口往常都是人流畅通的，今天周边却被堵得水泄不通。

原来是温如瑾在受了青减的刺激以后，放学的时候买了一大箱的水搁在校门口发，每发一瓶就让人喊一句"孟青减你会脱发的"。

他大概发了上百瓶，而每当有人这么喊一声，青减都能够感到头皮一痒。她惹不起就只能躲，拉着陆嵘铮飞快地逃离。

刚到家的时候，电话突然响了起来，陆嵘铮去接，然后得知今天谢灵要在咖啡馆的大树下跟温如瑾表白。

重磅消息是一个接一个。

青减正在换鞋，脱口而出就是一句："我们永远不知道意外和明天哪一个先来。"

她还想保持跟温如瑾的同桌关系，基于人道主义精神，那场表白她没有去看。

反常的是，对谢灵的关心从不少的陆嵘铮也没有去看。

而结局，他们还是从沈绝口里听说的。

从来就胆小的谢灵在大槐树下给温如瑾弹了一首特露骨的自编歌曲《想跟你恋爱》，小白兔转变成饿狼。温如瑾却端着一大杯茶，像一个老干部一样教育了谢灵，让她不要早恋，要努力学习，要考第一才能追赶上他。

好大的一个下马威，可谢灵反倒更喜欢他了，没别的理由，就是觉得这位才子特酷说话、特有道理，并且真的在人生的跑道上越

跑越远。

"看到谢灵这样，你不会吃醋吗？"

闲来无事的时候，青减会偶尔逗弄着问陆嵘铮。

每每此时，得到的都是一个毫不客气且圆润的"滚"字。

尽管这样，她还是乐此不疲。

她想，如果人生能够一直这样该多好。

可惜的是，很多分别，其实早已经有了苗头。

06.

而那苗头的终点让谁也没有想到，是来自于青减的小舅妈。

那是这一年一月初的事情了。

孟月朗在小四、小五的蛊惑下最终还是和忍辱负重的原配张君离了婚，两人的孩子被判给了经济实力更雄厚的男方，他用手段将婚后财产转移，最终张君只分到了一套房子。

如此落井下石的事情，没有一个女人能够忍受得了。张君拿孟月朗没有办法，便连夜开车到了南淮，点名道姓去学校里找到了青减。

在那个下着大雪的早晨，张君把青减拉出了学校，带到一个苍蝇早餐店里就号啕大哭，哭得是声嘶力竭、妆容尽花，可尽管精致的外表不在，灵魂却依旧坚挺。

青减就坐在板凳上，静静地看着她哭，时而递一张纸巾过去。直到哭完了，她才上前拥抱住了张君。

"减减，我没有家了。"张君倒在这个比她小十岁的姑娘的怀里，抽噎到动情时突然哪壶不开提哪壶地又来了一句，"对，你也没有。"

可怜之人必有可恨之处就是这么来的。青减一边摸着她的后脑，一边好心地向她解释："不，我有。陆家就是我的家。"

张君却用哭成核桃的眼睛瞪她："你怎么认贼作父了，减减？"

青减自然不明白张君的意思，连忙问她为什么这么说。可追问之下，张君却闭了嘴，任凭她怎么问也不再开口。

"认贼作父"这四个字的帽子扣得实在是太大，青减又是一个在大事上从不会藏着掖着的性子，于是乎，当天晚上回去吃晚饭的时候，就在饭桌上试探了陆远安。

"陆姨，您当年是不是跟我爸妈是一个警队的？我先前听说您在当缉毒警察的时候一直都是缉毒标兵，是模范，为什么后来突然转到了小地方的派出所做民警了呀？"她一边往嘴里面塞饭，一边打量着陆远安的神色。

果不其然，在她谈到这个话题的时候，陆远安的脸一下子就煞白了。而陆嵘铮也是一样，有一瞬间的僵硬。

"妈，您今天是不是不大舒服，我先扶您回房。"

"好。"

母子两个一唱一和是极力要避开这话题，而陆远安的眼神更是闪闪烁烁。就是那么一瞬间，青减在心里敲下了审判的钟。

"当年我父母去世的时候，我舅舅曾跟我说过，他们是为了护住一个违反纪律回头的队友而被困在了一个小山村里没能出来。我那时候满脑子只有他们死了，强迫自己为了不痛苦而不去想，现在想想，那个违反纪律回头的队友是不是您？"

她站在两人的身后，字字平静，却也隐藏着极大的情绪。

陆远安没有说话，只是在空气安静的那一刻，骤然哭出声来。

没有道歉，没有解释，只有悲鸣。

"你要么先回房间，要么出去等我，你要听什么，我来跟你说。"

陆嵘铮拦在了母亲的前面，院子纷纷扬扬的大雪还在落，他的喉结上下滚动了一下，耳边是少女破碎而又疏离的质问，眼前是她越见明朗却渐渐模糊的脸。

"陆嵘铮，你是非不分！"

她克制不住情绪，压抑着哭腔对他大喊。碗筷盘子摔碎了一地，声音尖锐且无法复原。

像是记忆的残片，更像是他躲躲藏藏烧掉的队里对陆远安当年的处分决定书的纸灰。他漆黑的瞳眸盯着青减，任由她撒泼，任由她胡闹，只觉得眼前渐渐模糊成一片。

"孟青减，你这么想，我无话可说。"他的眼里净是淡漠与疏离，吐出的话无情而又冷漠。

"恶心，你们一家子都让我恶心！我清清白白、干干净净，绝不跟你们在一个染缸里！"

她冷笑着往后退了两步，砸出了比陆嵘铮更伤人的字后，就不顾一切地跑了出去。

外面的世界已是一片银装素裹，这场南方大雪下了三天，人一踩进雪里便是一个大坑。

她在南淮没有亲人，无家可归。为了不让他们发现她在哪里，她便藏在了一个离陆家不远的小巷子里，蹲在那里一直到凌晨。

这中途，她看到陆嵘铮数次从那个巷口穿梭而过，少年的脚步很快，眉头始终轻拢着，带着焦急。

她在暗处，他在明处，相隔距离不是很远，却已然像是把一整个少年岁月都耗尽了。

她还听见陆远安的喊声，在叫她的名字，一声又一声。

还有谢灵、沈绝、江轻，他们不知道什么时候也加入了打着手电筒在风雪中寻找她的队伍里。

她的脑袋里有两个长着犄角的家伙在打架。

一个长着白色犄角的小家伙倚靠着她说，减减，闹够了就回去吧；还有一个长着黑色犄角的小家伙拿着叉叉猛戳她的头，陆远安间接害死了你的父母，你不可以回去。

狂风在耳边呼啸，大雪亦在纷飞，青减觉得自己脑子变成了一片糨糊，她听不进任何声音，只有一寸一寸复刻到心里的痛让她喘不过气来。

后来想想，事情已经过去了那么久，陆远安有错也早已经得到了缉毒大队的处分。其实，正义和公平都已经还给了她，只不过，法理之上还有人情，她无法原谅的不是别人而是自己罢了。

只是那个年纪，打击来得太过突然，她大抵是没有办法想明白这些的。

在伸手不见五指的巷子里躲了一会儿，她最终还是站了出去。她想对所有人大喊"请你们让我静一静"，可当所有的目光都集中在她身上的时候，一辆呼啸的小汽车的闪光灯也照在了她的身上。

那是她那十几年里见过的最刺眼的光，几近将她刺瞎。

她还来不及躲闪，整个人已经被谢灵推了出去，尖锐的汽车刹车声划破这宁静的夜晚，耳边是大家或震惊或心疼的呼喊。

　　这是 2011 年最大的一场雪，也是最后一场，通红崭新。

　　像是滚滚的岩浆，落下的那一刻，也分隔开了一群人的青春。

第六章

时光被偷走了

"一片死灰中走来的两个孩子，
一个深红，一个淡绿。"

01.

2016 年，北京派出所的审讯厅。

三个姑娘坐在被审讯的位置上，其中两个穿着齐臀短裙，大波浪的卷发，红唇，身上满是红酒渍，脸上布满了青青紫紫的痕迹；另一个戴着黑色的鸭舌帽，只露出了半边脸，穿着白 T 恤牛仔裤，仍可见其清秀。

"谁先动的手？"女警问。

"她！"

"我。"

女警抬了一下头，手里的笔戳了戳记录表，又问："为什么动手？"

鸭舌帽姑娘声音平静："因为她们抢了我男朋友。最近不是很

152

流行打小三吗？我也赶一回潮流。"

"是这么回事儿吗？"女警又把目光转移到那两个姑娘的身上。

"我们不觉得。这男欢女爱很正常，谁又比谁干净呢不是？"其中一个女人跷起二郎腿，猛地拍了一下桌子，"警官，道德上的事情怎样我们不说，就说现在她打人了，是不是得拘留个几天？"

女警点了点头，递出一张行政处罚书。

"你们两个可以走了。你，拘留三天，看你问题也不严重，可以让家人来保释你。"

"不用。"

鸭舌帽姑娘淡淡道，始终低垂着眼睑，没什么表情。

派出所每天来来往往见的人多了，像这种死猪不怕开水烫的，女警也见了不少，刚要领着她去拘留室的时候，会客大厅那里突然热闹了起来。女警带着鸭舌帽姑娘走的时候，刚刚好就跟会客大厅的人打了个照面。

"陆警官，您又来这里调嫌疑犯的户籍资料啊？"女警上前去不忘笑着打个招呼。

"嗯。"陆嵘铮点了点头，公式化地一笑，眸光掠过女警身边的姑娘时，原本没有什么波澜的眼底似有什么在翻涌，但转瞬间又压了下去。

他旁边站着的除了缉毒大队的同事外还有温如瑾。当年高考，温如瑾的志愿明明是中文大学，但他爸嫌他没有男儿骨气，在志愿填报的最后一天给他改成了公安大学。后来阴错阳差，一向最讨厌陆嵘铮的他竟是跟陆嵘铮一同北上，还成了同事战友。

此刻，陆嵘铮不认那位鸭舌帽姑娘，温如瑾是不能不认的。在陆嵘铮公事公办地去查户籍的空当，温如瑾嬉皮笑脸地拦住了女警妹妹的去路。

"妹妹，这位是犯什么事儿了啊？"

"怎么，你们认识？"

"对对对。"温如瑾连声点头，"要是没什么大事，我去给她办个保释吧。这是我一朋友，打小认识的，对社会绝对没有攻击性。"

闻言，女警点了点头："那行吧。本身打小三也就拘留三天，按程序办吧，交两千块钱罚金，人就可以带走了。"

温如瑾"欸"了一声，狠狠地瞪了一眼那鸭舌帽姑娘，临到交钱的时候发现自己没带钱包，就又回头去找坐在长椅上沉闷非凡的她。

"孟青减同志，我没带钱，你自己赎自己，成不？"

"我没有现金。"她淡淡地答。

温如瑾不信，伸手就去翻她的包。

孟青减没有说谎，她确实没有现金，包里空空如也，只有五六张黑卡。

"你这个爱慕虚荣的女人，不保释你了，我鄙视你。"

温如瑾愣了半晌，最终咬牙挤出这几个字来，然后又愤愤地继续往保释处走，刚进去的时候，就刚刚好碰上了出来的陆嵘铮。

"带钱了吗？"温如瑾问。

"带了。"

"借我两千。"

"没有。"

干脆利落的对话。

陆嵘铮的绝情程度远远超出了温如瑾的想象，温如瑾也有些恼了，他拽住了陆嵘铮的胳膊，忍不住低声训斥："能不能别这么小气，你明明知道，我要这两千块钱干吗的。"

陆嵘铮眉头一拧，不动声色地推开了温如瑾拉住自己胳膊的手，然后一边吹了吹灰，一边面无表情地往前走。

"别把两千块钱说得不重要一样，兄弟们拼死拼活一个月工资能拿多少？"

温如瑾一个白眼简直要翻上天去，平时也没见这个男人对薪水有多抱怨，这个时候一言一语倒是说上了。

"你不借我现在就让人给我送，我一个小富二代还会为这两千块钱现金折腰？"

温如瑾大声嚷嚷着，硬着头皮就要去保释处借钱，却被告知，保释金陆嵘铮已经交过了。

而等他出来的时候，孟青减已经不见了，陆嵘铮还站在门口等他，嘴里叼了根烟，腰微微地弓着，全然没有了刚才冷静自持的模样，一双平时锐利得可以把罪犯射穿的眼睛里写满了颓唐，活像一个堕落的社会小青年。

这是温如瑾第三次看见他这种状态。

第一次是高二那一年孟青减车祸被她舅连人带东西地从陆家拖走。

第二次是大三那一年，在南淮，陆远安的葬礼上。

而今天，是第三次。

"陆嵘铮，你是要抽烟把自己抽死吗？你爸上次跟我说给你找了个漂亮姑娘，现在男人都要戒烟戒酒，你这样可不成！"温如瑾走到陆嵘铮身边，拍了拍他的肩膀。

陆嵘铮摇头笑了一下，吐出了一个极为漂亮的烟圈。

"有时候我也想，就这么死了吧，一了百了，干干净净。"他扯了扯嘴角，低头将手里的烟碾碎，一粒一粒的火星迸发出来。

02.

"哟，我的小心肝回来了，来，让我抱抱。"

深夜十一点，孟青减打了车从派出所回到她用她父母的遗产在北京买的一个小公寓里，钥匙戳进孔里，一打开门，听见的就是男人刻意魅惑变得阴柔的声音。

孟青减额头上的青筋跳了一下，在男人向自己扑过来的那一刻，一个闪身躲过。

男人没扑中人，跟玄关处放着的大熊撞了个满怀。

"我说，孟青减，这几个月，你追着我从北京一路到香港，又从香港一路到西藏纳木错，今天又为了我进局子，全世界都知道你不肯放过我这个钻石王老五。怎么，三个月来第一次见面，你就这么对我？"男人眯起丹凤眼，似是不忿，狠狠地拔下了几根熊毛。

"三爷，你把我当提线木偶一样耍，还想我有什么好脸色？"孟青减转身进了厨房，倒了两杯水出来，一杯自己喝了，一杯递给他。

"矿泉水烧的？"

"自来水。"

"那我不喝。"聂春江挑剔地把水又递还给了她，背着手像是个大家长一样地巡视了一下这屋子的环境，"这里好啊，虽然没有

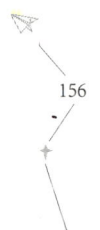

我给你买的半山别墅大，但藏个男人是刚刚好啊。"他一边看着，一边说着不冷不热的话。

孟青减觉得好笑，忍不住反问："我能有什么男人？所有人不都知道，我就你一个男人吗？"

聂春江也笑："你可从来没这么想过。"然后扭过头看似随意地在她的柜子上轻轻敲了三下，"你把我当什么，你自己内心再清楚不过了。"

这两年，他们的交流一直都是这样，看起来波澜不惊，暗地里却是波涛汹涌。

孟青减没有再说话，只是扭过头闭眼躺倒在新买的吊椅上开始听落地窗外的蝉鸣，睫毛微微颤动着，外表柔和可灵魂却比任何人都要刚强。

聂春江嗤笑一声，伸出手想要去触摸她柔嫩白皙的脸颊，也就是那么一瞬间，他想起她是不爱跟他说话的，便又把手重新缩了回去。

七十平方米的屋子，是可以容得下两个人的，但他知道，这两个人总归是没有他一份的。

在沙发上坐了一会儿，他从包里抽出一张信用卡放在了茶几上，就默不作声地给她关上了门。

这是凌晨两点的北京，灯红酒绿，纸醉金迷。

绚烂的夜色下，有为了生活在拼命的人，也有沉溺于销金窝不可自拔的权贵。

孟青减窝在吊椅的一角，在听到门关上的那一刻，一直绷紧的弦终于松了下去。

她困了，也太累了，最终沉沉地睡了过去。

在睡梦之中，她隐隐约约看见了十七岁的自己，因为在风雪夜中大闹了一场后害得谢灵腿被轧伤，幸好未伤及筋骨。在被赶来的孟月朗大骂了一顿后，直接东西也不收，就要被拖走。

陆远安舍不得她走，追着车在积雪未化的早晨跑啊跑，最后四十多岁的人狠狠地摔了一跤。

她以为自己足够铁石心肠，却还是哭着要挟孟月朗开了车门，然后上前扶起了陆远安。陆嵘铮在陆远安的后面跟着，面上是一副满不在乎的样子，嘴里却说着放软的话："能不走吗？"

她那时候是已经后悔要走了的，孟月朗却像是铁了心一样，最终把她绑上了车。她坐在车的后座与最爱的少年和那个虽然让她的人生不圆满却也给了她爱的阿姨遥遥相望。

那是高中时代，他们的最后一次相见，分别却带着留恋，像是迎风的种子终有一天会再发芽。

她迷迷糊糊地从梦里辗转醒来，阳光从未拉窗帘的窗户直刺而来，射入她眼里，强烈的真实感在提醒她已经过去五年了。

这世上，再不会有像五年前一样能够破镜重圆,卷土重来的分别。

她脸色惨白，有些无力地窝在吊椅上，抹了一把额头上的汗后，左肩沉寂了很久的伤口又开始隐隐约约地疼了起来。放置在茶几上的手机一直在响，是周传雄的那首《冬天的秘密》。

孟青减有些虚弱地把手机拿了起来，那头传来的是谢灵的声音。

"今天温如堭说又见到你了，还在派出所。你下次不要再跟聂春江对着干了，你们不是一条路上的人。"她应该是刚开完演唱会

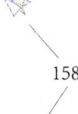

回家，嗓子还很哑。

少年时被车子撞了一遭，仔细说起来，算是谢灵命里的因祸得福。她在医院休养了三个月，因为文化课落下了不少，阴错阳差之下，谢父竟然抱着试一试的心态让她又重新选了音乐。她身上的艺术天赋凸出，她从未辜负过上天给她的天赋，在高三那一年又努力练习，果然，她的天赋也从未抛弃过她。

孟青减高二那一年走后，谢灵是她由于愧疚第一个联系的对象。到了大学里，那些纷纷扰扰如同雪花碎片席卷向她的时候，谢灵也是她的第一个倾诉对象。到如今，她们倒仿佛是最亲近的人。

孟青减"嗯"了一声，带着浓浓的鼻音。

"我欠你一张演唱会票。"要不是今天被聂春江摆了一道，她一定会去听的。

电话那头的谢灵听孟青减有几分赔罪的态势，不但气没消，反倒有火从胸腔里"噌噌"地蹿了上来。她讽刺道："你也别说票了，服软倒是服得挺快，我的话你什么时候听过？

"让你听聂春江的别乱跑，你从来不听。追着人家到雪山差点遇见雪崩，玩脱了被那些亡命之徒追着打，你做的哪一件事情让人省心过？还有，那个沈和平的事情也是，聂春江旁敲侧击地跟我说了，你……"

谢灵这两年在娱乐圈待着，褪去了从前的柔弱劲儿，嘴皮子说起人来贼厉害。

孟青减听得头昏脑涨，只好说："谢灵，我的事你别管了。"

"我不管，谁管？你是指望你舅舅知道你的事儿把你从北京直接薅走，还是指望阿铮那个冷血冷心的人管你？"

谢灵已经两年没跟孟青减提过陆嵘铮了，即使有提，也是在喝醉酒的时候帮着她一起骂，在清醒的时候说起这个名字，无疑对孟青减的杀伤力还是很大的。

"我没指望跟他再有牵扯。"

"那你就别插手他的案子。"谢灵冷冷地说，"他警校是读完了的，你是大三时就担了贪慕虚荣的名声被劝退的。他是个男孩子拳脚功夫好，你不行。"

她说话不好听，但句句是肺腑之言。

孟青减也知道谢灵是为了她好，但因为肩膀实在疼得厉害，唯唯诺诺地敷衍了两句就挂了。这是一到阴天就会出现的后遗症，她满头虚汗，实在受不了了，跌跌撞撞地就往对门跑。

那是她的前舅妈张君住的地方。

先前买下这个房子，有大半的原因是因为张君。虽然张君跟孟月朗离婚了，但待孟青减依旧跟亲生女儿一样。孟青减也觉得自己的舅舅对这个前舅妈有愧，本意是想将来自己照顾她的，可没承想，搬来这些日子，都是张君在照顾自己。

"你左肩这伤太深了，总疼也不是办法，"张君揉着惺忪的睡眼起来给这小妮子一边按摩，一边贴膏药念叨，"还是得去医院瞧一瞧。我听街坊说，之前有个人就是身上有旧伤，总疼也没当回事儿，结果是里面长了个瘤子。

"你说啊，你小小年纪，长个瘤子就完了。要我说当年陆家小哥那同学拿刀子扎了你之后，你就不该起诉了后又撤诉，这一点好讨不到不说，那陆家小哥那时候竟然还有脸跟你形同陌路，真的是男人没一个好东西。"

张君叹气，想起这事儿就愤愤不平，本还有话要说，可最终又
憋了回去。

按摩完后，她给这小妮子盖上了薄毯，然后扭头进厨房像是变
戏法一样地笑眯眯地变出了一碗甜滋滋的油蒸蛋。眼见着孟青减虽
然疼，但还能吃得进东西，这心才渐渐安生下来。

03.

七八月的天，说变就变。初暑当前，天动不动就在刹那间变得
昏黑。前两年的时候，这北京城里还因为这水泥地上突然有裂缝而
闹上了新闻。

贺萧人老了，也渐渐有些"作"。他这辈子是不会再当律师了，
却开了个律师补习班，整日给那些还没有实战经验的小律师补课，
白天上班，晚上回到家就打电话给自家儿子，念叨着要世界末日了。

陆嵘铮每天在单位忙得团团转，接到他爸的电话自然也没什么
好脾气："世界末日也不止'末'您一个，您命长着呢，短不了。"

贺萧不喜欢儿子跟他说话的态度，不平地回："你是不是巴着
当年死的不是你妈，是我呀？"

父子俩一谈到这个话题就没好事儿。

在陆嵘铮一旁办公的霍思感到这剑拔弩张的气氛，没等陆嵘铮
再接第二句，就把手机抢了过去："叔叔，陆哥他不是这个意思。"

霍思声音柔柔的，安抚长辈很有一套，果不其然，贺萧没一会
儿就软了态度挂了电话。

"大人有时候就像孩子，你不能用平时抓毒贩的方法对待他们

的。"

陆嵘铮接过手机，道了声谢，面上却没什么多余的表情。

霍思在他这里碰壁也不止一次了，咬唇尴尬地笑了笑，回过头去掏出了两张入场券。

"嗯，那个，建国路那里新开了一家私人影院，你要不要去看一看？"她的面上多了一丝小心翼翼，当陆嵘铮扭过头来对着她的时候，她又连忙补充，"不是我们两个人去，你也可以把多余的票给别人，我就是看你平时只工作，太累了……"

陆嵘铮怔了怔，原本一直郁结的眉心倒是舒展了些："没事，我们一起去吧。"他没再拒绝霍思的好意。

霍思点点头，强压着欢喜，声音都发颤："那快下班了，我先回去换个衣服。"

陆嵘铮"嗯"了一声，算是默许了。眼见着她雀跃地远走，桌子上立即被温如瑾甩了厚厚的一摞案件资料。

"老沈举报风亭别府的案子可还没破呢，您倒是有闲情逸致泡妞？"

赤裸裸的嘲讽，陆嵘铮当作没听见："上头江局留给你的案子，你自己搞，别找我。"

温如瑾嗤了一声，知道陆嵘铮是为什么对沈和平的案子不上心，可这事儿他着实有些搞不定，便只好抽了一把椅子在他旁边坐了下来。

"铮铮……世上最好的铮铮……"

这货硬是叫出了一个"这里的山路十八弯"。

"免谈。"

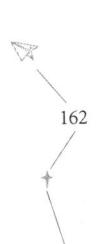

陆嵘铮沉下脸，伸手去拿打火机。

温如瑾看出他是想出去抽烟顺带着不理自己，果断地按住了他的手背。

陆嵘铮的手很好看，比女人的还要白，骨节分明，手背上凸出的弯曲的青筋也不显得丑陋，反而有男人特有的力道感在。温如瑾的声音更旖旎了一些，那张打小就阴柔貌美的脸在陆嵘铮的手上蹭着，让陆嵘铮的嘴角抽得厉害不说，就连在场的其他警员都觉得有些好笑，纷纷露出吃瓜的表情。

"你觉得这样，我就会妥协吗？"陆嵘铮扯扯嘴角。

温如瑾诚挚地点了点头，如同捣蒜。

陆嵘铮是没那个耐心跟温如瑾耗的，将手从温如瑾的"爪子"里抽出来，就去拿手机。

温如瑾的脸色白了两分，立即告饶："我跟谢灵都离婚了，这种事情，你就别找她。赶明儿她要知道了，又不让我看孩子了。"

陆嵘铮原本就只是吓吓他，见他真怕了，便不准备为难他了。

温如瑾和谢灵是大学一毕业就结的婚。学生时代，温如瑾就是个浪荡且花心的，追过不少人，也被不少人追过，那些露水情缘，来得快，去得也快，最后一心跟着他的只有谢灵一个。

那是大二时发生的爱情。

在学校图书馆的四楼天台上，温如瑾因为辜负了一个小学妹而被其亲属炮轰，被逼到墙角。他和孟青减闻讯的时候正在几十里开外的游乐场，等到他们匆匆赶到，一场乱战已然结束。

看起来柔柔弱弱的谢灵，手拿着一把吉他做武器撑在墙边护着理亏且寡不敌众的温如瑾。

"我一把吉他十万，你们要是谁愿意赔这个钱，就过来！"

女孩儿的声音尖细，下巴始终是轻扬着的，反反复复重复着这一句话。巧的是，竟然真的没有人过来。那群本质上只是想给温如瑾一个教训的亲属也是真的没有在警校动手的心，后来这事儿就过去了。

"我真是不知道谢灵看上你什么？"

"我也不知道孟小妞看上你什么？"

大学的时候，陆嵘铮时常跟温如瑾就此发生争论。陆嵘铮吵不过温如瑾，同理，温如瑾也打不过陆嵘铮。他们像是难兄难弟，在爱情里沉沦，也痛苦着。

陆嵘铮大三那一年跟孟青减分手，冷笑着说出"我们无恩无爱，又何来恩断义绝"这样的言语后，便老死不相往来。

温如瑾大四时跟谢灵结了婚，浪荡性子却不改，在酒桌上被人暗算了一回，本以为谢灵还能像从前一样原谅他，却没想到，她再也没有回过头。

他们四个都是骨子里太过骄傲的人，虽然撞了南墙也认输，可一旦选择认输，就再也不会回头。

想到这里，陆嵘铮揉了揉锋利的眉心："真的难办？"他到底还是心软。

温如瑾沉下声发出了一个"嗯"字："沈和平前几年一直给江局做卧底，那时候跟他合作的又不是你我。现在江局走了，沈和平说不想打扰她的清净，可那帮子毒贩被判得轻的，已经被放出来了，就总有人找他麻烦。风亭别府那边肯定有问题，也肯定有毒贩勾结，你得出手。"

陆嵘铮没吭声。

温如瑾又继续说:"但你也知道,风亭别府的季老板是我叔的朋友,我去不好办。"

陆嵘铮静静地扫了他一眼:"那你觉得我去就好办?"

温如瑾没说话,扫了一眼桌子上的档案,疲惫的脸上却分明写着"情敌相见,定会分外眼红"这句话。

陆嵘铮冷笑了一声,面色不悦,一脚狠狠地踹在了温如瑾的膝窝上。

"这世上,求人的事儿哪有容易的,你给我受着。"

温如瑾咬了咬牙,没说话。

霍思从换衣间走过来,警服脱了,换上的是一件雪纺质地的白裙。为了出任务,她是过耳的短发,今天左耳上戴了一个珍珠耳钉,配上淡粉的唇色,倒是有几分大家闺秀的婉约。

温如瑾跌跌撞撞的本要走,可看到霍思这张脸的时候不由自主地怔了怔。

她的眉心有一颗红痣,那位置像极了当年的陆远安。

他的脸色白了几分,扬起嘴角像是在笑,也像是在悲悯多年以前趴在陆嵘铮肩头闹着要喝苏州青梅酒的姑娘。

"怎么了,温哥?"

"没怎么……"

温如瑾的脸色僵了僵:"你陆哥会对你好的,一定。"他后面的两个字咬得极重。

霍思的脸上飞过两抹红霞,陆嵘铮把手插进裤子的口袋里,站得笔直。夕阳的余晖从百叶窗照进来，落在他的身上。

陆嵘铮这两年清瘦了不少，也沉闷了不少，虽然话不多，但查案子的手段却是越来越狠，雷厉风行，说一不二，整个警局，除了上头的老大，同级的几乎没人不怕他，也没人不服他。

可温如瑾看着他，却不由得泛出了一股子深深的悲哀来。霍思比他们晚进警局一年，也是他傻，拿这丫头当追着陆嵘铮的花痴新人看，到这一刻才发现，原来这丫头的眉心竟藏着那么大的秘密。

到了下班，建国路便会很拥堵，朝阳区则是出了名地人多，霍思乐呵呵地带着陆嵘铮到那家私人影院会所的时候已经是晚上八点。

最好的晚间时光，热热闹闹纸醉金迷的前篇。

会所已经开始热闹起来了。

在进包间前，陆嵘铮先去了一趟洗手间。霍思拎着包在前台那儿等他。她常年出任务，跟毒贩打交道，皮肤经不住晒有些黑，但架不住敷了粉，也是天生丽质，眉间的红痣尤其是点缀，在一众走过的夜店女郎中间格外显眼。

这本就是个介乎酒吧和影城的地方，三教九流什么人都有。陆嵘铮走了没一会儿，就有个长得白白净净，穿着粉色裤子拎着铁链的青年走过来，那手像是冰凉的毒蛇，缠在了霍思的脖子上。

"妹妹，等人？"

青年叫得亲昵，动作也丝毫不扭捏。

霍思认得这个人，中诺直地产老板的儿子薛凯，富二代中的超级富二代。先前他们家族中有人吸毒，还是个不小的官员，后来虽然落马，也未曾撼动薛家地产界大亨的地位。

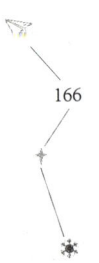

霍思本想一记飞脚踢过去，但转念一想，他们这样的人有时候倒也未必是故意轻薄，只是生来带着优越感，没觉得这世上有什么东西是得不到的，她心头的怒气稍稍降了些，可悲更甚。

"等不等人跟你没关系，请你放开。"她正色说。

薛凯似是喝多了，像是根本没听见她说话一样，低下头在她的额头上亲了亲。

"哥哥见惯了你这样欲擒故纵的，没事儿，哥哥喜欢。"

霍思的退让没能够让他收敛，反倒是让自己处于了一个被动状态。

如果在一分钟之前出手，她能够完美地踢开他；可是一分钟之后，男人的力气过大，她却是怎么也挣脱不开的了。

"滚！"霍思低喝了一声。

会所里的人什么没见过，自然不会因为这种小场面迷了眼，都只是漠不关心地走过。

陆嵘铮从洗手间出来，就刚好看到了这一幕。他皱了皱眉头，大步上前就狠狠给了薛凯一拳。他有着曾在警校以一打三的手劲儿，这个公子哥儿哪里受得住这些，往后猛地退了好几步后也不吃亏，甩起裤腰上拴着的那根铁链就往他们的方向砸去。

陆嵘铮往前走两步，伸出胳膊为霍思将那铁链挡了回去，铁链在他的胳膊上重重地刮了一下，他半点眉头没皱。那链子反弹，好巧不巧地砸在了踩着白色的运动鞋，匆匆往这里赶来的女孩儿的眉骨上。

远山眉下的骨头立即肿起，铁链的尖锐部分蹭着眼皮而过，女孩儿头上的帽子被甩到地上，一道血痕在脸上浮现。

孟青减?

陆嵘铮的脸色暗了暗，像是阴天里的一块蓝印画布，沉沉的。

霍思也深吸了一口气，脸色白得厉害。

"安安，你怎么出来了？"

薛凯的戾气收了起来，仿佛刚刚怒极甩铁链的不是他。就冲薛凯这殷勤的嬉笑劲儿，在场的人就明白他存着的是什么心思了，他不想把事情闹大。

陆嵘铮就这么冷眼看着，一场闹剧其实也已经结束了，可他却没有散场的意思。

薛凯没有叫孟青减的真名，而是叫了安安。

那是她的假名。大学期间，她跟着江政东实习的时候也用过不少，一个案子换一个，西西、雪雪、胖胖、花花，都是傻气到冒泡的叠字，这明显也是她用来对付薛凯的。

孟青减在不远处看到薛凯跟人起了争执，她重要的事情还没做完，所以急着来拉架，没承想对面的人是陆嵘铮和霍思，脸色也一下子变得很难看。

"怎么了，安安？怎么不高兴了？我刚刚就是小打小闹，别生气啊，我的宝贝。"

薛凯恬不知耻，不知肉麻地上前去踮脚轻呵着孟青减的伤口。

孟青减说："没事儿。"

薛凯不信："怎么能没事儿呢？都有血痕了，走，哥带你去医院。"

孟青减看似乖巧地"嗯"了一声，没排斥，竟是真跟着他走了。

他们看起来并不熟稔，却给人一种即将要有一夜情的错觉。

陆嵘铮站在前台，挺直了背没动，可脸上的那股子阴霾劲儿却是要吃人一样。

霍思咬着唇，长长的指甲几乎陷进肉里，笑容牵强："我听说过她，那个差点把张浪学长送进牢房里的学姐，她很坏。"

陆嵘铮没否认，"嗯"了一声。

霍思又继续，这次是在试探："可你很喜欢她，对吗，陆哥？"

陆嵘铮摇了摇头，嘴角浮现出一抹讥讽之色。像是安慰一样，他握住了霍思的手："别多想，都过去了。"

他的声音很沉，好似对那两人离去的背影没有任何留恋。他们不是一路人，她走得太快也太偏了，她试过回头，但他没再给她机会。

04.

霍思选的电影是《荆轲刺秦王》。

她是个陈凯歌迷，跟年少时的孟青减一样。

在只有一点点灯光的幽暗房间里，当秦王最终选择弑父的时候，她流下了感怀的泪水。陆嵘铮在一旁陪着她看，但看到一半会时而会忆起少年时的吉光片羽，他痛恨这种感觉，所以中途出去抽了好几次烟。

霍思并不在意陆嵘铮陪不陪她看完全程，只要他愿意陪她来，她就已经满足了。斯德哥尔摩式的爱情，往往不需要理由。

霍思的家离这儿很近，陆嵘铮送完她之后，明明可以直接上大路回自己住的地方，但左拐右拐还是又回到了这个影院。

在影院后面的一条漆黑的小巷子里，他毫无意外地看到了孟青减和薛凯。

薛凯被绑在了一个垃圾桶上，嘴里塞了布条，满是狼狈。

孟青减手里挥着一根棍子，配上她今天的白 T 恤、牛仔裤，别的不像，倒是有点小太妹的架势。

陆嵘铮叼着根烟下了车，微微佝偻着腰靠在不远处的路灯边，没什么表情。对面是两个穿着黑衣服拿着家伙的男人，一看就是冲着小巷来的。

陆嵘铮掐断了手里的烟，目光凌厉。

凌晨两点，孟青减才回程，黑色的帽子遮住脸。她在街边走了没多久，就被一只大手拽进了车里。

"救命！"

午夜女孩儿被抢的新闻多了，她踢打着拽她的男人，男人身上的紫檀香气浓郁，捂住她嘴的时候咬牙切齿："闭嘴吧您，没人对您有兴趣！"

孟青减睁开眼，将帽子一摘，这才发现是聂春江。她的眼睛扑闪了两下，因为打了胜仗，见到来人的反应都不一样了。

"三爷，你怎么换车了？"她好奇地看着车内的一切，非常基础的配置，哪里是聂三的招摇风格。

"滚蛋。"

聂春江没好气地对着她翻了一个白眼："你把薛家那公子哥儿揍了，我再开我的车接你，不明摆着你上头的人是我吗？我脑抽啊？"

孟青减笑了笑："有点儿。"

聂春江气得不轻，作势要去打她的头。

他手劲不小，以为她会躲，没承想，她头都没偏，结结实实挨

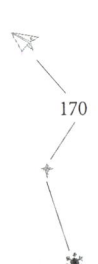

了这一下。

"脸怎么了？"

"没什么，不小心蹭的。"

孟青减耸肩，脸上的笑意未减半分，甚至要跳上眉梢。她看起来格外痛快，也确实痛快。

"我给沈和平报仇了。"她说。

聂春江斜睨了她一眼，没吭声。

沈和平这两年被薛凯欺负得够惨，同样是富家公子哥儿，沈和平家的沦落是从沈父贩毒开始的。沈和平年满十八岁后，一直立志要做一个律师，他不想与父亲一样做一个靠着这档子事儿营生的人，所以禁毒大队的江局长江政东就找上了他。

那时候孟青减大二，在江政东的手下做实习生。跟沈和平实际接触的一直都是她，她跟着沈和平一起把沈父送进了监狱，连根拔起的还有其他势力，其中一个就是薛凯的表哥。薛凯和表哥的关系一直很好，也正因为如此，沈家败落后，薛凯一直没放过沈和平。

他找人打沈和平，抢砸沈和平的律师事务所。

沈和平前十八年过得安安稳稳，从没见过这样的场面，便是连警都只敢偷偷摸摸地报。孟青减因为大三的时候跟学校里的人打架，不认错不悔改而被劝退。那时候她跟沈和平的关系很好，但她被劝退后，沈和平再也没有找过她。

她知道沈和平过得不好，她也知道，他不向她求助，是以为那些事情会牵连她。

所以她也没和沈和平说过她要给他报仇，只有聂春江明了她的心思，他早料到她要打薛凯一顿，只是没想到这么突然。

"我这么做，你不高兴？"

孟青减一直得不到回应，忍不住发问。

聂春江轻嗤了一声，嘴角耷拉着，高不高兴这个问题不是废话吗？

"薛凯的人没打你？"他把车子停到小区的路边，车门锁没开，只是低头在她身上上上下下巡视了一番，"那家伙在地产界有点势力的，钱能买生死，我不信他没动你。"

他面露不悦，暗沉沉的目光扫过她。

聂春江比孟青减大了大半轮，吃过的盐比她吃的米还多，薛凯是什么样的东西，他看得再清楚不过了。

"没有。"

孟青减往后躲了躲，面上却还是笑吟吟的。

聂春江这下明白了，她之所以神采飞扬、眉飞色舞就是因为此次出行毫发未伤。

聂春江的心彻底搁肚子里了。将车锁打开，他放她下车，只是临走仍旧忍不住劝她："莫要因小失大。"

孟青减跳下去，回头乐呵呵地回："一屋不扫何以扫天下？"

聂春江给了她一个白眼："你只是扫地不会死，你再牵扯那些小事会死。"他跟她说话从来是不留余地的，今天还算客气。孟青减冲他做了个鬼脸，笑得有些找抽。

聂春江气得牙根紧咬，恨恨地对着空气猛挥了两下。

小姑娘一蹦一跳已经走远了，她很久都没有这么开心过了，聂春江的手臂撑在车窗那儿，漆黑的眸子盯着姑娘的背影，抬头长吐了一口气。在她一只脚即将踏进小区门的时候，他忍不住又提醒了一句："你舅让我们明晚去参加他一个商业晚会,你别穿牛仔裤了!"

空荡荡的长夜只有风声在呼啸。

她听见了,只是没有回。

聂春江摇了摇头,将方向盘往左打,平安护送孟青减的任务完成,他有些累了,便把车往建国门的方向开。车子掉了一个头,还没出这条街,他便看见在不远处停着一辆黑色的路虎。透过车子的后视镜,可以看到车里面坐着一个英俊的男人。聂春江勾了勾嘴角,他的车缓缓往右靠,在跟那路虎擦肩的时候,屈起两指在嘴边吹出了一个极其轻佻的口哨。

那口哨声划破这漆黑的长夜。

车里的男人跟聂春江对视了一眼,两人的眸光都不太善意,一个年轻有锋芒,一个老辣不正经。

"失败者。"

聂春江故意激路虎车里的男人。

车里的人没什么表情,只是油门一踩就那么开走了。

聂春江冷笑了两声,他还依稀记得两年前也是这样的场景。

孟青减同志跟他一起在高速公路上出了车祸,陆远安因为追他们在这一场车祸里丧生……那时候他烟雾症突发迷了眼,孟青减站在法庭上为他做证,被跟陆远安在同一辆车里也离世的张新的哥哥张浪在法院门口一脚踹倒。

那张浪还跟孟青减是大学同学,下手的时候可是一丁点儿没手软。聂春江在车祸里受了伤,胳膊上都缠着绷带,也没想过会有人在法院面前动手,愣是被另外两个人架住了,没拦住。

明晃晃的刀子对准孟青减的胳膊就刺了下去。

她的左肩在霎时间就鲜血喷涌，其实那天在周围看着的人很多，但受害者永远是弱者。聂春江还记得那时候的孟青减几乎是在万人唾骂中走过来的，他能理解其他所有人的冷眼，但他不能够理解为什么那天张浪的刀子刺进孟青减左肩的时候，陆嵘铮分明就站在旁边却拦都没有拦一下。

就像是一个冷漠的过客，面上没有一丝的波澜。

很久以后，孟月朗因为心疼外甥女愤怒地告张浪故意伤害罪的时候，聂春江才知道，张浪之所以一刀只扎她，是因为这小妮子傻兮兮地去向张浪道歉"道"在人家的气头上。没有一个受害者的家属会仅仅因为一句道歉而原谅对方。在那时候张浪的眼里，孟青减的道歉就是白莲花的吐露方式，装可怜，不扎她扎谁？

而侧面告诉她，让她去找张浪道歉的正是陆嵘铮。

他下不了的手，就用算计让别人动手。

也正因为这一刀，孟青减在医院里躺了一个月。聂春江那时候常去看她，也就总看见那辆路虎车在医院门口来来去去。

年轻人模糊的爱恨，陆远安的死就像是一条跨不过的河横陈在了两人的中间。聂春江深以为然，为此还高兴了很久。可没承想，才不过两年的时间，陆嵘铮竟然又出现了。

聂春江感受到了深深的危机感。

他觉得自己老了，三十多岁的年纪是更有男人味儿，可毕竟比不得小伙子年轻，眼角也有细纹了。

他摸了摸下巴，没把车开去建国门的院子，而是一转头往健身馆的方向去了。

05.

孟月朗安排的商业晚会，不出意料的是，孟青减没有到场。

聂春江熟络地跟每一个孟月朗找来的投资商打招呼。孟月朗最近看中了一块地皮，在郊区，虽然僻远但周围的风景好，背靠山脉，前方是湖景。

"老三，你可得帮舅舅盯着点儿。"孟月朗递了一杯红酒给聂春江，笑了笑，"将来这地皮发展成高楼了，大半是给减减做嫁妆的，也就是你的。"

聂春江连连点头，心想你外甥女大半也是不嫁我，我这是给他人作嫁衣，可面上却仍是笑着点头："舅，这事儿包在我身上。"

孟月朗对聂春江办事儿是放心的，拍了拍他的肩膀后问："减减怎么没来？"

聂春江打哈哈："减减估摸着是因为上回我去西藏那事儿生气了，不是不给您面子，是不给我面子呢。"

孟月朗点头，其实他比聂三大不了多少，但说话做事都沉稳得多了。

"男人少不了在外面玩儿，但家里的女人要哄好了。"孟月朗捏着眉心叹了口气，"减减她是个好孩子，你得护着她。"他顿了顿，眼圈有些发红，"你说我这个做舅舅的小时候没带过她，长大后她跟那个姓陆的在一起，我为了她举家迁来都没用。后来她吃了亏，有时候我又觉得我是不是逼她太紧了……"

他说着说着，有些说不下去了，嗓子发干发哑。

聂春江特受不了别人煽情，安慰了几句便去跟前头的人应酬了。

酒宴上来的人多自然也杂，其中就有薛凯他爹薛亮。聂春江手上握着的是皇城脚下最大份额的钢材生意，薛亮虽是个房地产大户，但人脉没他广，也是要敬他三分。

两人喝了酒，各怀心思地交谈了几句。聂春江借着酒劲儿试探性地问起了薛凯："令郎今天怎么没来？"

一提这茬，惹得薛亮一肚子火："这臭小子昨儿不知道在哪儿给人碰了！窝囊废，死活不说是谁！"

聂春江笑着"哦"了一声："可能是车子刮的吧。"

薛亮尴尬地晃晃手里的酒杯："那小崽子也是这么说的，可哪个车净刮他耳刮子呢。"

聂春江摇了摇头，眸间的笑意更深了几分，便不提这话了。

孟青减在家里足足歇了有一周。

大学被劝退后，她养伤养了三个月。孟家最不缺的就是钱，孟月朗一心想让她往名媛上发展，曾提议送她出国镀金，但被她拒绝了。她没拿到毕业证，后来闲下来就跟江轻做做公众号，但前段时间，江轻的公众号被骂到关停了。

原因是江轻她爸欠了很多很多债。

从上大学开始，江轻她爸从没有管过她不说，还断断续续地跟她要钱。大学时期的江轻没有一天不在工作，她心软，想着那是她爸，只好源源不断地输出。

江轻她妈心软，开始一直拖着没有离婚，辛辛苦苦地住工厂劳作，想着以后离了婚没地方住，就跟江轻的小姨借了十万块，加上自己的十万款存款在一个偏远小镇买了套毛坯房。她妈不懂法，房子买完第二天才去离婚，虽然江轻她爸同意放弃房子，但这样一出就变成了离婚逃债。房子才买了不到一个月，就被查封了。

江轻心疼她妈，她知道她爸罪有应得，但她妈这么多年没拿过她爸一分钱，更遑论她爸还出轨了三四次。她爸跟她要钱，她决计不再给他。

她爸被逼急了，觉得女儿不爱他，家人不理他，朋友仇恨他，就把事情闹到了网上。现在网上的键盘侠不是骂江轻不孝，就是骂江轻她妈不承担责任。

所以这段时间，江轻干脆不做公众号了。

孟青减在家里闲得发霉，她本有更重要的事情去做，但这段时间聂春江看她太躁动，便什么都不告诉她。

她太无聊了，便打电话给谢灵。

那边没人接，她想着是周末，估摸着谢灵正在家吊嗓子，将先前在母婴超市准备好的一对小童鞋和粉嫩的小衣服拿好，巴巴地到了谢灵家门口。

门是开着的。

在客人放鞋的地方放置着两双男鞋和一双女鞋。

谢灵从厨房出来，丹凤眼上挑了几分："快进来！"

孟青减的心跳得有些快，她站着没动，只是把礼物递过去："我来之前给你打过电话了。"

谢灵接过东西："我知道，我故意没接的。"她语气轻松，一扭头就冲里头大喊，"姓温的，减减来了！"

孟青减抿了抿唇。

她被谢灵拖拽进来换了鞋。

温如瑾尴尬地搓着手来迎她，沙发上坐着两个人，穿着黑色衬衫的英俊男人和穿着白色裹裙的女孩。

"我正做饭呢，你就来了。给你干女儿的鞋买得不错，比她温叔买得好。"谢灵毫不客气地将鞋的包装撕开，直接换下了温如瑾刚给买的。

"喂，不是，我怎么是叔了？我是亲爸啊！"温如瑾不悦地叨叨。

谢灵冷笑一声，开启连番发问模式："出轨的人有资格当爸爸吗？十月怀胎生孩子的人是你吗？你是谁啊你？"

温如瑾闭了嘴，懒得跟她吵，转身进了厨房。

他进去之后，谢灵紧跟着也进去了。

砂锅里炖着排骨汤，电磁炉上炒着糖醋小藕，一个人忙不过来。

孟青减低头找了个位置坐下，谢灵家的客厅小，她的对面就是陆嵘铮和霍思。她低着头玩手机，而他们则是在对着茶几上的电脑研究代码。

陆嵘铮当警察是可惜了的。

他在软件方面很有建树，虽然因为职业的关系不能经商，但在大二那一年就做了好几款游戏，卖版权赚了不少钱。

他是因为她才报的公安大学，可后来，她让他失望了，好在软件代码从没辜负过他。

想到这里，她心里有些难过。

霍思去了趟洗手间，原本不大的空间里就只剩下了陆嵘铮和她两个。

她离开他太久了，早就不知道该怎么与他相处，手摩挲了杯子好一会儿，才尴尬地抬起头来对着陆嵘铮弯了弯眼睛："你女朋友

挺漂亮的。"

陆嵘铮点了点头，没正面回应，只是后仰着往沙发上靠了靠。他这两年比先前瘦了些，但依旧挺拔，脸部的棱角明显，鼻梁还是那么高，只是最大的不同是眉峰更加凌厉，给人的压迫感也就更强。

"你还跟聂春江在一起？"他嘴角像是带了那么一抹薄笑，也不知是讽刺还是祝福。

孟青减正在喝水，听到这话一口水就呛到了。

他看她这个反应，眼底稍稍带了一丝轻蔑。

孟青减低着头没看到他的眼神，旁边有一张纸巾递了过来。

她接过擦了擦嘴，因为咳嗽过猛，眼圈有些红。

谢灵盛了汤跟从洗手间出来的霍思同一时间走过来。

她问："你怎么了，减减？"

"没事，呛到了。"

"哦……"谢灵刻意把音调拖长，叹气状地在围裙上一擦手，"要是聂三在这儿就好了，他恨不得把你捧在手里含在嘴里。我还记得他上次来的时候，你走路快磕着了腿，他就心疼了半天……我当时牙都酸了，还有一次也是……"

谢灵越说越跑偏，孟青减觉得自己的后背都起了一阵阵鸡皮疙瘩，她不知道怎么开口阻拦，便牵强地笑了笑，想要进厨房帮温如瑾忙活，但菜都已经做好了。

六个硬菜，四个素菜。

只差端出来了。

孟青减进去帮忙，霍思刚好也去了。狭小的厨房里面容不下那么多人，拥挤且危险。

霍思挑了一个最重的甲鱼汤，是用铁盆装着的。她显然没什么生活的经验，端着刚走了两步就烫得"嘶嘶哈哈"。孟青减见了连忙就扯了旁边的两块抹布过去，要帮她接过来。

霍思是比孟青减小一届的学妹，跟张浪是表亲，再加上陆嵘铮的缘故，难免会不喜欢孟青减。所以在小孟同学伸手要去将那汤接过的时候，她愣是僵持着没动。

"你不烫吗？"

孟青减见她不给，有些发愣地问。

霍思怔怔地看着孟青减，也是被这么一问才意识到烫得厉害，可还是不想给她，便使了劲儿往自己这边一扯，想先把它放回桌子上。

孟青减不懂她的意思，被她这么一拽，微微前倾，那汤竟是生生泼在了她们两个人的手上。

霍思不仅手上被泼了，胸前也有一大片，盆顷刻之间落地，霍思"啊"地尖叫出声。

孟青减站着没动，已经有了要被责怪的预感。她回过头，下意识地把目光投向了正迈开大步子走来的陆嵘铮。

谢灵把她往后拉了拉。

"嘶，阿铮，这手都起泡了，还有衣服前面一大片。"温如瑾吱哇乱叫，被谢灵猛地踹了一脚。

陆嵘铮没说话，低下头检查霍思的手。

"谢灵，你家医药箱在哪儿？"

"房间里。我去给你拿。"

"不用了。"陆嵘铮将哭到抽噎的霍思揽进怀里，"她衣服也弄脏了，我带她去你房间。"

他说得很自然，像是霍思真的已然是他的女朋友一样。

谢灵一记眼刀扫过去，下意识地将减减的手握紧了。温如瑾也笑不出来，而是颤声道："阿铮……"

"别叫我。"

陆嵘铮的声音冷得厉害。

谢灵气不过，现场飙了个海豚音："男人没一个好东西！"

陆嵘铮的脚步顿住，回头讽刺地笑了笑："谢灵，你小时候可没这么不乖。"

"那你以前也没这么坏！"谢灵气得大吼。

温如瑾拉她拉不住，只好把霍思先扶走了。

"我怎么坏了？"

陆嵘铮扭头看谢灵，像是要跟她掰扯个清楚。他们是发小，他从小把她当亲妹妹一样疼爱。在爱情里，他算计过，不好过，但对谢灵，他真的是无愧。

谢灵的铠甲被陆嵘铮一个眼神戳破。

她怕他，然后突然绷不住地哭了起来。

谢灵抽抽搭搭，还哭出了鼻涕泡泡。

在客厅婴儿车里的茜茜听到妈妈哭了，也开始号啕起来，一度哭得喘不过气。

孟青减心疼孩子，顾不上控制场面，只好先去把茜茜抱起来哄。她的左肩受过伤，手上又是水泡，抱着孩子明显有些吃力，额头上不一会儿就都是细汗。

陆嵘铮也没有安慰谢灵，而是把她叫到书房里。

在谢灵的生命里，陆嵘铮一直担当着兄长的身份。纵使谢灵对当年孟青减跟他的分手有千般不平，但当着他的面是不敢说的，今天也算是破例了，后果就是红着眼跟霜打的茄子一样被结结实实训了一顿。

从书房出来的时候，她俨然委屈成了一个包子。

孟青减觉得自己的脑回路有点清奇，她看到谢灵委屈巴巴的样子明知道她是为了自己，却还是很想笑，事实上也真的笑出了声。

"不准嘲笑我！"

谢灵低低地叫，见警告无用便追着孟青减打了起来。孟青减的手上抱着孩子，不敢大步跑，只敢小步绕着沙发。

也是巧，她低头的时候刚好就看见了沙发最旁边放置的一个档案袋，上面写着"沈和平"三个字，后面的破折号处还写着"风亭别府"酒吧案。

孟青减呼吸一滞，脚步停了下来。她垂眸，死死地盯住那档案袋。

陆嵘铮的目光沉了沉，没说什么，只是将那档案袋拿走了，然后交代："她手上有水泡，谢灵，你带她去涂点药。"

谢灵赶忙点了点头，她也不想让减减跟沈和平再扯上什么关系。可孟青减站在原地，任凭谢灵怎么拉她都不动。

她说："给我。"

谢灵惊呼："减减！"

"我就看一下，给我。"

孟青减伸出手，重复了两遍。

陆嵘铮始终阴沉沉的，他今天待她是真的没什么好脸色："这里都是机密文件，我为什么给你？"

"机密文件不也什么都没查出来吗？"

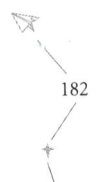

她反唇相讥，没了一开始见面的柔和劲儿，倒是有了小时候的模样。

这是在侧面讽刺陆嵘铮和温如瑾没用了。

可这激将法对他不奏效。

陆嵘铮凉凉地笑了一声，扭过头就进了厨房。这档案袋里放的是复印件，原件是带不出单位的。

孟青减知道他要做什么，连忙小跑着跟紧他去抢。她的动作不如他快，等追上他的时候，那档案袋俨然已经在火上燃着了。

"别碰，烫。"

他眼见她要伸手，眉头蹙起来，眼疾手快地就按住了她的手腕。她的手背上是五六个四毫米左右的小水泡，右手腕上却横陈着三道丑陋而狰狞的疤，那是凹凸的质感。

孟青减意识到他粗粝的手指在上面摩挲着，像是触电一样把手收回去了。

陆嵘铮的脸色一丁点儿没变。

只是这平静之中带着些慑人的意味，以至于那灶台上的火都没有关。档案缓缓燃烧着，直到燃尽，陆嵘铮才转移眼神，把灶台的火关了。

孟青减不再吭声，谢灵将她拉回了餐桌前。

这一顿饭吃得可谓是索然无味，五个人都没什么话说。吃完饭后谢灵本欲留他们再坐下歇息会儿，但这一行人都还有出来执行任务的目的，硬是没留住。

06.

皇城脚下，无数辛酸过客。

陆嵘铮从谢灵那儿出来，开车经过了天安门。暮夏时节，天气不再像火炉一样闷热，倒是有了渐渐转凉的趋势。

他送走了霍思和温如瑾，下车去买了一瓶啤酒，一边倚靠着车门，一边喝着。

广场中央的五星红旗飘扬着。

他还记得，大一下学期的时候，孟青减总爱带他来这儿。那时候他们才刚刚解决完年少时的矛盾正式步入崭新的恋爱之旅。她爱在周一的时候来这看升国旗，阳光下，她笑得坦荡而又肆意。

"孟青减，如果有一天我被毒贩抓走了，怎么办？"

"那我陪你一起上毒贩的断头台。"

二十出头的姑娘，声音尖细，却字字认真。

孟青减说话从来不假，大二时陆嵘铮有一次真被毒贩抓走了。在云南的一个小山村里，她拎着棍子去找他，一个人带着一张假的拘捕令竟是生生端了一窝。他被毒贩打得太惨了，身上都是伤，意识却很清醒。她秉着一口气将所有毒贩用锁链锁成一串扔上车后，原本坚强得骇人的姑娘才陡然红了眼。

"陆嵘铮，你怎么不被打死？"她委屈巴巴地看着他。

"我被打死了，你嫁给谁？"他扯着抽痛的嘴角趴在她的身上，难能可贵地还能笑出声，并且像个登徒子似的在她圆润的小脸蛋上亲昵地咬了一口。

她恨恨地反击，却因为碰到了他的伤口，又愧疚到磕磕巴巴说不出话来。

那是他们最好的两年。

他们搬出学校的宿舍在外租个房子。午夜梦回时，他常常抱着她温软的身体故意问："减减妹妹，我们什么时候结婚？"

她就掰着手指头，像是数羊一样地数数。他们都不是一定要等到毕业才结婚的性子，而她数的是离陆远安四十一岁生日还有多久。

"还有三百五十八天，等陆姨四十一岁了，我们就结婚。"

"为什么是四十一？"

"因为四十一吉利。"她笑了笑，一害羞就又把脸埋进他的胸膛。她就像是一只时而狡黠又时而安稳懒惰的考拉，让他想把她捧在手心里呵护一辈子。

那时候的他真的有大无畏的精神，不怕持刀持枪的毒贩，更不怕隔三岔五就在他们甜蜜的爱情里加点辣椒和芥末的孟月朗。那时候啊，他们都以为他们能这样走一辈子。

可后来，到底是这京城满华盖，让姑娘迷了眼。

……

陆嵘铮喝干了啤酒瓶里的最后一点啤酒，前尘旧事像是巨浪一样席卷而来，让他的眼眶有些发干。

他回过头将啤酒瓶扔进垃圾桶，一转身的工夫，就看见了站在他身后的孟青减。

姑娘的目光沉沉，一如旧时的和煦。

"你想见沈和平？"

"对。"

从阴暗潮湿的屋子里砸过来一个个酒瓶，木门后的青年带着哭腔喘着粗气。

"滚！我不想见到你！"

孟青减被推出来，嘴唇发白。

陆嵘铮拉着她往回走。

这是郊区的一条小道，狭隘得很，周围野草丛生，住在这里的大部分是外来务工的人员，因为租不起昂贵的房才选择这里落脚。

陆嵘铮拿出一个黑色的保温杯递给她："喝点儿热水，天凉了。"然后启动车子。

孟青减讷讷地接过，喝了两口，却还是没能止住心头的寒意。她知道沈和平过得不好，但没有想到会不好到这个地步。

"他怎么会这样？他是政法大学毕业……"

"他吸毒了。"

方向盘一转，车子拐弯离开。

孟青减的心更凉了，她攥住杯子的手一紧："怎么可能？"

陆嵘铮继续说："沈和平当年有个女朋友叫蒋可，在风亭别府当领班。她家里出了事儿跟高利贷借了钱，后来被高利贷逼着卖毒品的同时吸了毒。沈和平见不得蒋可这样，他把蒋可绑起来关在一个小屋里，自己也拿了一包毒品，他说要跟蒋可一起戒，结果没成功，反倒陷进去了。"

"什么时候的事儿？"孟青减问。

"去年。蒋可卖毒品被抓判了刑，沈和平被强制戒毒一段时间，出来后就这样了。"

陆嵘铮说得风轻云淡，但眉头紧皱，不难看出惋惜之色。那样好的年轻人，就这么毁掉了。

孟青减不说话了，只是抱着杯子默默地靠在椅背上，合上了眼。

她倒比以前胖了些，白白的，安安静静的样子就像是个乖巧的瓷娃娃。

车子开出小道，眼见着要驶出郊区的时候，突然有两辆车挡住了他们的路。

陆嵘铮被迫踩了刹车。

孟青减一个前倾，脑袋差点磕到。她透过车窗往外看，眼睛里满是疲惫的血丝。

"你得罪人了？"她有些恍惚。

车盖被砸得震天响。

陆嵘铮没吭声，从扶手箱里拎出一根铁棍。

他说："保护好自己，别出来。"

孟青减接过陆嵘铮扔来的铁棍。

陆嵘铮推开车门出去，将车门锁上。

外面足足围了七八个黑衣人，看起来凶神恶煞。

孟青减抿了抿唇，爬到了驾驶室。

黑衣人手持铁棍，陆嵘铮一推门，其中一个黑衣人便攻击过来。陆嵘铮动作快，抓住对方的手腕，一个过肩摔将对方摔了出去。

左右都是黑衣人，虽说陆嵘铮有点身手，但一对多到底不是明智的选择。他一个飞踢去踢左边的人的时候，右边的黑衣人狠狠一棍子就往他脊背上砸来。

眼见着躲不过，他做了生生挨这一下的准备，却久久没感觉到痛意，是孟青减同志刚刚从车里爬出来，被砸了个准，砸的还是脑袋。

她整个人都有些发蒙，鲜血顺着额头往下滴。

187

陆嵘铮皱了皱眉头，一脚将那人踹倒。

孟青减摇了摇头，咬牙捡起了那人的铁棍，扔给陆嵘铮："拿着，你们的同款铁棍。"

"你还有心情开玩笑？"陆嵘铮声音很沉，脸上带了几分阴鸷。

"要不我给你哭一个？"她苍白着脸笑了笑。

摔倒了的黑衣人都爬了起来，围着他们。

他们俩背靠着背，并肩作战。

场面有些粗暴，孟青减和陆嵘铮两个人，以守为主。

这群黑衣人气势汹汹，有备而来，专门挑了这个没监控的地儿堵他们，是奔着教训人来的。

他们两个被困在了这里，所幸在两人精疲力竭的时候，前方开来一辆车。

是一辆出租车。

出租车上下来两人，穿着打扮都挺野，其中一个胖些的，手臂上还文了一条青龙。

那两人朝他们飞奔而来。

"龙哥！青叔！"孟青减大叫了一声。

文着青龙的那个块头大，力气更是大，一个人推倒了三个黑衣人；旁边瘦些的人是青叔，他则是掩护着这两个打到疲惫的年轻人上了陆嵘铮的车。

车子开出郊区，缓缓驶入市区。

孟青减睡在车后座上，陆嵘铮给她找了块湿毛巾捂着脑袋。两人都受了伤，车是青叔在驾驶。

"青叔，龙哥会有事儿吗？"孟青减迷迷糊糊地睁开眼问。

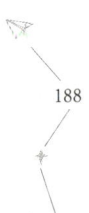

青叔乐呵呵地答："你龙哥在保镖圈里可是出名地牛，拳皇出身，应付得了。孟小姐你看，平时你不让三爷派人跟着你，还为这事儿跟我们闹了多少次，今天我们要不来，你估计就得跟你的这位朋友交待在这儿了。"

孟青减"嗯嗯"了两声，没有反驳。

青叔话多，一打开话匣子就关不上。

孟青减本来是把头靠在椅背上的，听得烦了，便干脆把脑袋埋进了陆嵘铮的怀里。

陆嵘铮按着她脑袋的手渐渐松下来，百感交集。她的手不自觉地缠到了他的腰后，他这两年没少锻炼，肌肉结实发达，她没敢捏，只是那么紧紧地抱着他。

她太贪恋他身上的味道了，那是她这辈子，从小到大，获取到的最大的温暖。她怕他推开她，所以留给他的能够推的地方就只有受伤的额头。

她是最知道他的软肋在哪里的，果不其然，他也真的没有推她，只是伸出手，揉她后脑软软的头发。他斜靠着椅背，微微闭着眼，仿佛这样的姿势对他来讲也是一种放松。

"多久没去把头发打薄了，夏天不热吗？"

她的头发很厚，也乌黑，微微带着点卷，打架的时候把头发弄乱了，像只漂亮的小狮子。

"还好。"她声音闷闷的，"我一打薄头发，我舅就叨叨我。你知道的，他看着年轻，审美已经接近老年人，我听得烦，就没弄了。"

陆嵘铮睁开眼，点了点头："这样确实好看。"

他们很久没这么和谐地相处过了，她趴在他的身上，像是热恋中的情侣。

青叔在后视镜里看得直皱眉头。

他们这些做手下的不是第一天知道聂三跟孟青减的关系不如外面传得好，甚至他们看得出是聂三一厢情愿，但是孟青减在外面跟别人这样，在他眼里就有点过了。

青叔心头突然涌起了一股子正义感，他握紧方向盘对后座的陆嵘铮笑了笑："您这车里不放盆绿萝或者其他绿色植物？"

"没必要。"陆嵘铮说。

青叔又继续："那绿色食品您不吃点？"

陆嵘铮没听懂他的意思："绿色食品？我刀口舔血的生活都过了，不怕这个。"

青叔仍旧不放弃："可我觉得您这辆路虎射出的灯光怎么照得别的车有点绿呢？"

他这几乎不是旁敲侧击了，孟青减忍不下去了："您可以打个电话给聂春江，告诉他我现在在干吗，您看他怎么说。"

青叔不肯，特爽直地回嘴："你骂他，他都是不敢说话的，别说你出轨，只要你不卧轨，三爷都不会动你一下的。"

孟青减不想理青叔了。

她不想让好不容易营造出来的和谐氛围被打破，所以车开到八达岭那儿的时候，她果断地请青叔下了车。

青叔也是收人钱财，奉人之命，说下车就下车，一扭头叫辆出租车继续跟着他们。陆嵘铮也没过问聂春江为什么盯她盯那么紧的事儿，他不再是当年一点就着的性子了，人年轻的时候占有欲总是很强。

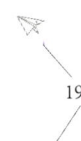

孟青减大三时，是聂春江追她追得最狠的一段时间，也是她和陆嵘铮吵得最厉害的时候。她每次从舅舅的晚宴上回来，她和陆嵘铮都要吵一架。

其实那时候陆嵘铮也不是个穷小子了，靠卖软件挣的钱在北京交了首付买了房买了车，可比起孟家来，也是真的无权无势。

孟月朗还总来他住的地方激他，说的话无非就是两句：

一、你跟减减不是一路人。

二、你将来刀口舔血过日子，可孟家就这么一个女孩，她是要被我们放在手心里宠着的。

那时候孟月朗真是一心把孟青减往聂春江怀里送，甚至为了生米煮成熟饭，还派人绑过她。她的亲人不多，唯一一个有血缘的至亲就是孟月朗。陆远安那时候尚在，时常劝陆嵘铮："你若是真想跟减减结婚，怎么也得过了她舅舅这一关。"

所以陆嵘铮一直选择忍着。

他任由孟月朗一寸一寸地踩着他的尊严攻击他，却一言不发。

唯一的一次对孟月朗爆发，就是因为孟月朗在他的姑娘的酒里下了药。她迷迷糊糊地打电话向他求助，好在及时赶到，才救下了她。那一次，他对孟月朗动了手。

血气方刚的年纪，被人这样欺负，他对孟月朗下了重手。他以为孟青减能够理解他，没想到引发的是一次又一次的吵架。

"他是我舅舅，你怎样也不能跟他动手！"她跺着脚，咬着牙，满眼是泪。

他也不低头，只是冷笑着反问："孟青减，他是你亲人，难道我就不是吗？"

怎么会不是？

她这辈子真正认的亲人也就三个：陆嵘铮、孟月朗和陆远安。

很久以后，他才想明白，她对亲情是多么渴望，她一直想要调和他和孟月朗的关系，但那时候他冲动又自负。

他们最好的时光在大二，最糟糕的时光是在大三。

大三的时候，他自己也清楚，他对她没以前那么好了，不再将她捧在手心里护着。

那时候，她跟聂春江走得太近了，他俩的谣言传得沸沸扬扬，说将来警校的第一名是要嫁入豪门的。他那样骄傲的一个人，没跟她分手，也只不过是年少心性，想要报复。

她每每晚归，他势必冷嘲热讽。

他践踏她的心意，将她做好的鸡汤当着她的面送给别的女孩。

他故意忘记她的生日，转过头去跟温如瑾在八达岭长城夜奔。

她满身是伤出完任务回来，忍着疲惫给他做的一碗面，也被他毫不留情地倒掉。

后来想想，她也不是一个逆来顺受的人，一直垂眸坚持着大抵真的是因为爱，可那个年纪的他没明白。

第七章

被谋杀的似水年华

她的爱情，早在大三那一年的夏天就死得干干净净了，

但没办法，她还年轻，心里就是存着那个人。

01.

陆嵘铮把孟青减送回家后，就头也不回地走了。

凌晨的北京，夜色旖旎。

家里的电脑还开着，孟青减是皮外伤，没脑震荡，一进卧室就看见聂春江坐在里面，对着她的电脑。

"聊了两年，就聊这么个玩意儿？"

聂春江跷着二郎腿，他面前是 QQ 聊天记录。

黑色心情：最近一直想找你们出来聊聊，但我们这些人天南海北还是这辈子不相见为好。

粉色妖姬：一辈子不至于，只要胆子大，天天来相见。

黑色心情：呵呵。

粉色妖姬：常跟你聊聊挺好的，等你哪天想起来那东西的事儿再告诉我，其他时候我们都是朋友。

黑色心情：不说了，去研究生物了。

……

孟青减"啪"地将电脑合上，没责怪他看她隐私，只是闷闷地倒在了床上。

"他最近缺钱，你快点把他公司搞垮。你把他搞垮了，他就会告诉我们，当年醉生的配方他卖给谁了。"

她的头发湿漉漉的，看起来很是狼狈。

聂春江转过椅子，抱着手臂有些好笑："孟小姐，你要搞垮的是一家刚刚获得了Ａ轮五千万融资的生物公司。听起来还是个创业公司，可鲁青云是个医学圣手，他一个人就抵一家上市公司，搞垮他哪那么容易？"

"可他很缺钱。"孟青减认死理地喃喃重复，"融资的钱不是他的，他前几天跟我说了，他私人缺钱。"

"行啊，那你出这个钱。"

"不行，我没有钱，而且这样太招摇。"她微微踢了踢脚，回绝得非常理智，"他搞的是生物制药公司，一定有弊端的。鲁青云常年在自己的实验室制毒，总有人会发现的，让人去查一下他的生物公司违不违规。有半点违规操作，你就向药监局举报，再把消息放到网上，那时候就不是我们找他了，是他来求我们。"

聂春江"呵呵"两声，脚踹在了她的膝窝上."果然是最毒妇人心。"

孟青减没什么表情，继续说："我当年跟着你，不就是等着这一天吗？那些小毒案破了不少，这次可是个大的。"

聂春江斜睨了她一眼："案子哪有高低贵贱？你不过就是觉得现在这个案子是你父母当年在查的，所以格外上心。你这样，思想不正确。"

孟青减没否认，站起来到冰箱那里给自己拿了个冰袋敷头。

"怎么不反击我？"聂春江把手插在银灰色的西服口袋里，金丝边的眼镜框闪闪发光。

"衣冠禽兽。"

孟青减笑骂了一声，又坐在床上。她一边给自己敷冰袋，一边很认真地问："你知道当年大禹为什么三过家门而不入吗？"

"治水呗。"

"这是一方面。"孟青减纠正，"我少年时第一次读这个故事并不觉得大禹伟大，只是觉得大禹想秉承父辈的遗志罢了。"

"大禹他爸也治水？"聂春江显然没听过。

"对，他爸就因为治理水患死了。"孟青减一本正经地抬起头，一双亮晶晶的眼睛里有光，"聂三，其实我有时候也一直在想自己是不是过于功利化了？我是在黑暗中的卧底，你是经商的线人，江局给我们分配的都是很重大的案件，真的是不该挑的，但我就是没办法忍受我爸妈当年查的那条线就那么断了。"

她的声音很平静，平静之中又带着让人眼眶微红的倔强。

"每个人都有私心，我也挣扎过，可后来我想，我们所追寻的东西、所守护的东西，我其实一点儿都没落下。"她静静地看着他，声音很轻也很柔，"所以聂春江，你不能这么说我。"

她很少有这样温柔得不像个人的状态，聂春江看着她，仿佛看到了当年的孟凡，心一下子就软乎得不得了。

他左右走了两步，被她的煽情搅得心潮澎湃，可左思右想，自己似乎也没说错什么，于是乎想到了今天青叔跟他说的话。

他问："你是不是想谈恋爱？"

"什么？"

聂春江往她面前靠得近了些。

"你是不是还想着跟那个姓陆的谈恋爱？"他直截了当地逼问。

孟青减皱了皱眉，收起被自己感动出的泪："没啊。"

她眨巴眨巴眼睛，有特细小的水珠溅到了聂春江的脸上。

聂春江伸出手，随意地抹掉，心头却涌起一股子焦虑来。

"你的包呢？"他问。

"落车上了吧。"

孟青减揉了揉眼睛，没敢看他。

聂春江点了点头，一巴掌就呼上去了。他舍不得打她脸，只重重地抽在了她脖子上。

"孟青减，我算是看明白了，你将来不是栽在毒贩手里的，你一定是死在那个姓陆的手上的！"

他是真的恨铁不成钢，认识她这么久以来，头一次发火，就将她房间里的凳子、桌子都掀翻了。

孟青减从始至终没拦他，只是乖巧地垂着眼，任凭他数落。

"我们是假情侣，你从没把我当过身边人我不怪你，但孟青减，你肩膀上的刀伤，背后的了弹孔，哪个不是拜他所赐？"

聂春江的手指在她的背上狠狠地戳了两下，怒极反笑："你平时怎么跟我闹，我都忍了。咱们当年按照江局的话联手三年，这是第三年，手上也就还剩那个你魂牵梦萦的老案子了。我是觊觎过孟凡，我也觊觎过你，但孟青减，你今天走出去，在大街上随便找一个人结婚生子，我都不管你，但就陆嵘铮不行！"

他急到眼里满是血丝，全然没有了平日里的那股子懒散劲儿。

孟青减还是沉默着。

聂春江跟她在房间里的动静闹得不小，隔壁的张君听得虽不甚分明，但大抵是明了这两个人吵架了。孟月朗每月都会来看一次张君，虽然每次都会被赶走，但一直乐此不疲。也是刚巧，今天张君刚推门进孟青减家，孟月朗也就跟了进来。

"减减，跟三爷道歉！"屋子里是一团糟，孟月朗不分青红皂白就正色勒令孟青减道歉。

"凭什么减减道歉？"张君护犊子，"这房间乱七八糟的是她弄的？"

"孟青减，我再说一遍，跟三爷道歉！"孟月朗不理张君，只是继续拉偏架。

在孟青减的记忆里，自打聂春江出现之后，孟月朗就没站在她这一头过。她对聂春江没意见，但对孟月朗有，所以梗着脖子紧紧地盯住了他："我不要。"

"那你说，你们为什么吵架？"

"没事，是我今天冲动了。舅舅，您先出去吧。"聂春江捏了捏眉心，染上几分疲惫。

战争在不经意之间却早已经掉转了方向，孟月朗没打算就这样算了，反倒是越逼越紧："老三，我知道你疼她，但她就是这样被宠坏了。这样吧，今天我先让她跟你道歉，等过段时间，我们就把婚期定了。"

他没问孟青减的意见，自作主张地就要为她敲定婚期。

聂春江脸色不大好看，连连推却。他跟孟青减在一起三年，他大抵是了解她的，对的话她会听，权衡利弊她也会做，但被逼迫着结婚，那是抵死不可能的。

果不其然。

孟青减听了，腾地从床上站了起来。

"我凭什么听你的？"她直勾勾地看着孟月朗，像是因为被拉得太紧反而容易断的弓。

孟月朗受不了她的忤逆："就凭我是你舅舅，就凭我什么都是为你好，就凭这世上只有我不会害你。"

他一连说了三个"就凭"，浓密的墨眉拧得死死的。

他从小到大说了太多遍的为你好，就像是唐僧的紧箍咒，更像是如来佛的五指山。孟青减红了眼，连连点头，微微扬起了下巴，也抛出反问：

"你让我嫁给聂三是想让我一辈子安安稳稳，不必颠沛流离对吗？"

"对。"

"你当年知道我报考了警校，连夜赶到北京，就是为了我平安顺遂对吗？"

"不然呢？"孟月朗反问。

孟青减扯了扯嘴角，只是笑，笑起来眼睛亮晶晶的。

孟月朗怒了："你笑什么？"

她不盯着孟月朗了，只是转头去看阴阴沉沉的聂春江："三爷，你觉得可笑吗？"

聂春江没吱声。

孟青减拿了地上的外套，临出门前，她停了停："舅舅，我不是不想做你登高的梯子，我知道那是你的顺便为之。只是我怕有一天，你会发现，我们都努力错了方向。"

她的声音很浅很淡，可平静中是压抑了多年的暗潮汹涌。

孟月朗胸口剧烈地起伏了两下，她平静的样子让他觉得心寒，所以他抄起了地上的一个小镜子砸了过去。

"白眼狼！"

02.

"咚咚咚！"

门外是断断续续的敲门声。

陆嵘铮刚洗完澡，就皱着眉头不胜其烦地去开门。他没穿上衣，赤着精瘦的上身，下身倒是套了条简短的外裤。

一开门，就看到孟青减垂着头站在他家门口。

"拿包？"

孟青减没吭声。

陆嵘铮撑着门的手松开，扭头进去给她拿包。她的包正放在沙发上，陆嵘铮给她之后就要关门，却见她还是这么低头站着。

她的眼睛还红着，看样子是刚哭过，额头上的血迹也没怎么处理。陆嵘铮的眉头拧了一下，关门的时候还是心软，把人也给拉了进来。

"就一晚。"陆嵘铮说。

"嗯。"

孟青减点点头。

她大学时没少在这里蹭住，陆嵘铮去煮生姜汤的工夫，她已然乖乖巧巧地给自己在侧卧铺好床了。

她难过的时候不怎么跟人说话，气到极点会"哼哧哼哧"地哭，哭到浑身发抖，再睡着。

"你喝姜汤吗？"

陆嵘铮知道她大概是跟家里闹了矛盾，也不问，煮好姜汤后站在她门口敲了敲门。

"不喝。"她一边哭，一边打嗝。

"行，那你早点睡。"陆嵘铮端了汤又出去，在客厅里抽了两根烟后，想了想又进去了。

"你这样哭不行。"他到底还是放不下她，怕她哭抽过去，还是把她从床上拉了起来。

她说不出话，只是抽泣。

陆嵘铮却是镇定又平静，他力气大，拉着她就到了他平时运动健身的房间。

小小的屋子被他收拾得挺干净。

陆嵘铮点了跑步机的按钮，提溜着她就上去了。

"两千米，有氧运动，自然呼吸吐气，做完再说话。我盯着你。"他说完，就斜靠在了门框边。

孟青减大学的时候体能非常差，全靠着侦查才勉勉强强在考试中得第一。有一次去雪山出任务，全校除了几个懒散的其他人都轻轻松松，就只有她，倒在了皑皑白雪里。她吐个没完，就差交待在那儿了，是陆嵘铮把她背了下来。

他们当时都跟着江政东做任务，江政东对她的体能很不满意，勒令陆嵘铮带好她。

陆嵘铮一直秉持着拿着鸡毛当令箭的态度，她一做不好任务，他就抄起旁边的家伙打她的手，她好几次被他打哭。她委屈巴巴，体力透支不想再练，哭到打嗝的时候也是这样的，被提溜上跑步机，跑完了呼吸均匀了再说话。

谢灵说，这是变相的体罚。

可后来，她的体能真的好了不少。

……

孟青减是珍惜这份感情的，那是她人生中最好的时光，但今天她真的是异常疲惫，没跑完就摔在了跑步机上。

陆嵘铮脸色一沉，连忙过去按了暂停键。

她的腿被蹭伤，膝盖破了皮，倒也不算严重。

疼痛让她清醒，她果真是不再哭了。

"地上凉，起来。"陆嵘铮把她拉起来，然后找出一瓶红花油。

她的腿上都是很细小的伤痕，有刀疤，有蹭伤。

她的裙子撩到大腿根的地方，皮肤很白。陆嵘铮给她抹了药后，余光刚好瞥到了她左边大腿处露出的一小块黑色刺青。

陆嵘铮的眼睛眯了眯，脸色没先前那么平和了。

他伸出手，试图将裙子再往上撩一撩，却见孟青减像触电一样把他的手按住了。

陆嵘铮没再继续，只是紧紧盯住了她，似笑非笑："什么时候刺的？聂春江就教你这些东西？"

"不是他，"孟青减连忙说，"是我自己要弄的。"

"情侣文身？"

陆嵘铮嘴角的笑意没了，狭长眸子带了点冷意。

孟青减的心反倒是放了下来："不是的，是我自己刺着玩的。"

陆嵘铮的脸色不是很好看，他的目光始终放在她的身上，站起来后却没再提这茬，只是向她伸出手："手机给我。"

"给你干吗？"

"充电。"他不着痕迹地说。

孟青减没多想，她从前就有忘记给手机充电的习惯，况且手机有锁，便递给他了。

陆嵘铮接过之后就出去了，临关门前，她巴巴地道了声晚安，但没得到任何的回应。

孟青减这一觉睡得甚好。

陆嵘铮却是一宿没睡。

等她十点醒来的时候，房子的大门已经被反锁了。

她的手机密码已然被破解。手机里只有寥寥几个联系人，所有的信息都是清空的。这些，在旁人眼里是保护隐私，但在陆嵘铮的眼里是完完全全的犯罪证明。

桌上放着一张字条，上面只写了一句：风亭别府的案子我要请你做个顾问，就别走了。

陆嵘铮的字迹向来是力透纸背，不容人拒绝。

孟青减也没人在意。

她安安静静地坐在沙发上看电视，一直看到了晚上九点钟。

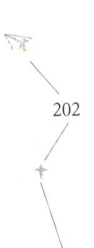

202

陆嵘铮真的通过申请，让她参与风亭别府的案子了。

其实也没有任何头绪，就是沈和平被风亭别府的贩毒威胁，说让他别在那周围出现。

唯一最重要的信息就是，这次风亭别府的毒贩卖的毒品是最强劲的那种。

"你这一个月跟我在这儿待着，你可以出去，但每晚必须回来。"陆嵘铮洗完澡之后，一边抽烟，一边说。

"行。但我也有个要求，我查案需要你用到警察的职权的时候，你得出现。"孟青减知道他存的什么心思，本不欲戳破，但提完要求后，还是忍不住定睛看着他，"陆嵘铮，万一我像你想的那样碰过毒怎么办？"

陆嵘铮表情微微一滞，带着火星的烟头被生生搓断了。

"打死你，然后我脱警服。"

他淡淡地答，没开玩笑，也不是威胁。

孟青减咽了一口水："那我会有自我辩护的机会吗？"

"你没碰就有，你真碰了就没有。"

他们因为父辈的庇佑，都有幸地被分在了江局江政东的名下做学生。

江政东是个缉毒英雄，这几年很多大案都是他指挥攻破的。

他们比其他的警校学生更早就被江局逼着接受了毒贩的残酷。

那群人，通过卖毒品让无数家庭妻离子散。

那群人，也有很多手上沾着缉毒英雄的血。

如果她在看过这些的情况下，真的碰毒了，他第一个为民除害。

孟青减不敢说话了，只是低下头装作看案件资料。

03.

风亭别府开在密云。

本质上是一个商务会所，因为服务上乘、周到，不少商场里的老板喜欢上那儿谈生意。

孟月朗谈生意的时候曾经带孟青减去过几次，她不喜欢跟那些人打交道，大部分时候在那里的酒吧喝酒。

风亭别府的季老板喜欢下棋，跟聂春江又是好友，孟青减一度跟他成为忘年交。要在别的酒吧，她想套消息，戴上顶鸭舌帽，但在这里，她没好直接下手，还是陆嵘铮趁周六的时候亲自去摸的底。

这不摸还好，一摸便是大发现。

"这个就是你带回来的冰？"孟青减看着有些发愣的陆嵘铮，拿起桌子上的东西有点怀疑人生，"这是冰……糖吧……"

那块状的结晶体，明显跟超市买的煮银耳的玩意儿没区别。

"这一小包你花了多少钱？"她发出灵魂的质问。

"这里五百克，五百块。"

陆嵘铮闭着眼躺在沙发上，不等孟青减笑出声，自己已是自暴自弃，跟毒贩打交道这么多年，这是他被耍得最惨的一次。

孟青减套了个白手套，笑了笑："这说明江局带着你们把这片的毒贩都抓没了，治安好，毒贩都开始清仓大甩卖了。"

陆嵘铮嘴角沉了沉，烦躁地扭了两下领带："说不准东西藏糖里了。"

孟青减拿出一块来，放在鼻间闻了闻，又放在光下照了照："估计是这块，结晶结得中间有点浑。"

陆嵘铮睁开眼，刚巧看见她在用牙嗑糖，脸色骤变，猛地拍了一下她的脑袋："疯了？"

孟青减微微前倾了一下，将嘴里咬碎的糖吐到烟灰缸里，除了几块结晶体外，还有一个被折成 5mm 左右的小塑料袋。

洗手间里水声哗哗。

孟青减漱了口出来，看见陆嵘铮特专一地拎着一个小锤子在砸冰糖。

他比她聪明得多，没直接咬。

"看来毒贩还新开发出了毒品趣玩。"孟青减笑道。

陆嵘铮继续砸，她进去的这工夫，他已经砸了七八块冰糖了，有的有，有的没有，而且量都少得可怜。

"以后别用牙咬了，危险。"

陆嵘铮没心情跟她开玩笑，只是紧张地瞧了她一眼。

她以前跟着江局实习的时候，也没少做这种事儿，胆子在这一方面大得吓人，是纯粹得不长心眼。

"毒贩什么都做得出来，在这上面涂毒药也不是不可能的。"他沉声继续念叨着，眼里多了丝丝疲惫，"去年我出任务，毒贩一直逃到了广东。他挟持了一个人质，那个人质戴着口罩是个女孩。我当时离得远，看不清，他点燃了汽油桶，队友冒死去解救了其他十几个被他绑了的无辜人。但那个女孩没救成，被那个毒贩死死地搂在怀里，说死也要做一对鬼夫妻，她的眼睛跟你很像，远山眉，很平静……"他的声音有些哑，他扯了扯嘴角，"那时候我特别怕是你。"

"我哪有那么惨。"

孟青减耸了耸肩膀，她是跟他在任务中擦肩而过多次，但他说的真不是她。

"所以，你那时候有没有后悔没对我好一点？"她眨巴了一下眼睛，手不自觉地在他臀部拧了一下。

"滚。"她的动作过分轻佻，陆嵘铮气得骂了一句脏话，"聂春江就没教你点儿好。"

孟青减"嘿嘿"了一下："我这是自学成才。"

陆嵘铮没吭声，她确实有很快适应环境的本领，在哪儿都不会显得违和。

将包里的最后一块冰糖砸完，陆嵘铮整理了一下桌子上的五个以毫米论的小袋，将它们归置到了口袋里，然后把碎冰糖统一冲进了马桶里。

"以后别把在外面沾染的那些习性带到我这儿来。"他在门口换鞋，一边换鞋，一边说。

孟青减应了声，问："这么晚你去哪儿？"

"检验科。"

他工作的地方离这儿很近，这堆东西等到周一检验太迟了，他不想等了。

孟青减知道他的心思，没拦他，只是扭头回了房间。

陆嵘铮出去后，没一个小时就又回来了。

凌晨一点的北京，还灯火通明。他回来之后明显没先前那么平静，脸上疲惫更重。

孟青减也在等他的检验结果，一直没睡，听见门开的声音了，就披着件外套出了房间。

"怎么样？"

陆嵘铮摇了摇头："不是冰毒。"

他一屁股坐在沙发里，不是冰毒意味着是新型毒品，更意味着一个新的贩毒集团生成了。

他捏着眉骨，有些烦躁。

孟青减皱了皱眉头，没说话。他把先前的五小袋都合到一起，她接过在灯光下晃了晃，这是磨成粉质的，但颜色非白也非透明，而是带点细闪。

孟青减的脑子里有其他东西闪过，她的心突突地跳了两下，额头上的薄汗几乎是在顷刻间涌了出来。

"陆嵘铮，你再去一趟检验科吧。"

"嗯？"

他没懂她的意思。

她也没跟他解释，只是低下头把脖子上挂的项链扯了下来。那是一个许愿瓶状的吊坠，看着挺梦幻。

陆嵘铮盯着她，却只见她找了张白纸来，又将许愿瓶子在纸上敲了两下，里面掉出来几块很小的晶体，是珍珠的光泽。

"你去让检验科的同事对比一下，这两个是不是同一成分，我觉得有点像。"

她的眸光忽明忽暗，嘴唇发白。

陆嵘铮本想问这是哪儿来的，但转念一想，能是哪儿来的？

一定是她爸妈留下的。

"你出了这一行，当年没查清的案子，你也不要再动手了。"陆嵘铮开口劝她。这行太危险，大学时期她主动退学，同年级的学生虽都有遗憾，可他不是没庆幸过的。

"我不要。"她倔强地抬起头，嘴角带了些讽刺，"现在你不是把我往局里带吗？"

她总是一针见血。

陆嵘铮被她刺得心头发紧："那不一样。"

"没什么不一样，我爸妈查不清的案子，不代表今天我也查不清。我花一年查不清，那就五年，五年不行就十年。一窝子的毒贩，还能跑了不成？"

孟青减的眼眶有些红，鼻尖也是，她从来都是个固执到有些迂腐的人。她的信仰，她的执着，都是真真切切，不含半点假的。

陆嵘铮是说不动她的，干脆也不说了。他扭头对她说了一句"你好好睡觉"就又出门去了。

04.

检验科的最后结果验出来了，两包东西的成分是一致的。

聂春江在接到孟青减的电话后，找了一个月黑风高的夜晚，把江政东给约在一个废弃的码头。

"抓毒贩的定金报销吗？三十万。"他捏着根烟，做剜心状，"那小妮子要我调查鲁青云的药企，我也花了十万下去，不报销我今天就抱着你这个领导一起投河自尽！"

江政东笑了笑，从车里拎出一罐腌制的大白菜："你嫂子做的，特地让我带给你，市价千金，值了！"

聂春江颇有些嫌弃，两人就这罐大白菜到底值多少钱争论了一番。这天已经渐渐凉下来了，江政东看四周既无人，也无监控，干脆就邀请聂春江上了车。

他在车上准备了点卤菜，仔细算起来，这是他跟聂春江合作的第十年了。

江政东有些感触，满是褶皱的眼皮微微颤动着："春江，别打年轻人主意……"

聂春江本以为这老家伙今天是要跟他煽情感谢他这么多年的无私奉献，没想到是这一出，一口老血差点没吐出来："哥，我跟减减就差十岁。要说年龄差距大的话，我跟你可是差了一轮。"

江政东不理聂春江，只用黑漆漆的眸子盯着窗外的月色，他有话想说。

"春江，你还记得吗？当年也是在这样一个晚上，你看上了减减她妈孟凡。你那时候总想着撺掇孟凡和傅征离婚，但孟凡又总不搭理你，你为了吸引孟凡就来我这儿做了线人……那时候你喜欢孟凡，整个警队都知道，可孟凡不喜欢你……"

他越说越远了。

聂春江做了一个打住的手势："不是，那时候我才二十出头，刚开始跟着你目的是有点不纯，但后来我不是越走越正了吗？"

江政东点点头，饶有兴味地喝了口白酒，咂了咂嘴："也是，后来你看上孟凡她闺女了。"

聂春江不是很想理江政东，他跟江政东每次见面必掐，也习惯了，赶忙换了个话题："减减把定金交给风亭别府那卖药的江老四了，他们太谨慎了，要去云南取货。那是他们的制药点，我会派两个人保证她安全的。但那个人……"

209

聂春江的眼神忽闪了一下："现在动会不会打草惊蛇？"

江政东也变得正经起来，在提到那个人的时候，神色一下子凝重起来。

"江老四卖东西做得明显吗？"

"很谨慎，减减说磨了很久才肯卖，还是含糊其词，取货地点在云南一个没有监控没有信号的地儿。"

江政东"嗯"了一声，在沉思："那现在动也动不出个名堂，先留着吧。"

聂春江没反驳，这也是他一开始的想法，是他把江政东约出来的目的。

不远处的河里有鱼儿在跳，波光粼粼一片，数千条的鱼翻滚着跃出水面，在月色下显得充满了生机，是有渔民在违规用电击。

"收网了。"江政东说。

聂春江挑着眉指了指其中最大的一条鲢鱼："这渔民估计小鱼小虾都不放在眼里，最想要的就是这一条。"

"可不是吗？"江政东一边说着，一边快活地敲着筷子哼起来，"老子江湖漫自夸，收今贩古是生涯……"

灰蒙蒙的天，像是要有一场大雨倾盆。

孟青减决意一个人去云南，临行前去超市买了点新上的螃蟹。这个季节，大闸蟹还没满黄，她挑了四个红膏蟹，特大个儿，挺满意。

"陆嵘铮，我买了蟹，不知道是不是三门青蟹，看起来很不错的样子……"

她一进门就特高兴地想要展示。

但她在看到沙发上坐着的贺萧和霍思后，脸上的笑容瞬间就凝固了。

桌子上摆了一大盒月饼和敬月亮的水果，她这才意识到今天农历八月十五——中秋节。

贺萧正色看她，表现得倒不那么吃惊，反倒是在意料之中："思思，这是阿铮的妹妹。"

他起身给霍思介绍。

霍思显然没想到孟青减还有这么一重身份，眼里微微带了丝震惊。

陆嵘铮系着围裙从厨房出来，见人来了，脸色还是一如既往地沉稳镇定。

"菜等会儿就好，你进来帮我。"这话是对孟青减说的。

"好的，哥。"孟青减淡淡地应了声，嘴角压下的嘲讽却是对贺萧的回敬。

她少年时期刚进陆家的那一年，贺萧就不喜欢她。因为这不合的眼缘，他甚至还去普陀山给她算过命，得出的结果是她跟陆嵘铮八字不合。那时候远安护着她，甭管贺萧扯什么犊子用什么哥哥妹妹之类的话来硌硬她，都是陆远安给挡了回去。

现在陆远安死了，面对贺萧的做作，只有她自己来应付。

"我不是你哥，以后也别这么叫我。"陆嵘铮接过她的螃蟹，留着线在钳子上，一边对着水龙头冲刷，一边闷声道。

他的眼睑低垂着，看不出什么表情。

从少年向成年人的过渡，往往都是内心风起云涌，而那张皮囊却是淡淡的，始终波澜不惊。

孟青减站在那儿，只是盯着他，一言不发。

她最喜欢他的时候，是十五六岁。她因为打了人被陆远安训到哭却不肯服输，他站出来替她罚跪，顶了盆，掷地有声地告诉她，我觉得你没错。

她最爱他的时候，是二十出头。她因为高原反应倒在了西藏的雪山上，在一片诵经声中，他背着她咬牙一步一步走出一条朝圣路，然后甩给她一句，大不了我们一起被天葬。

他们都被岁月打磨了太多，但她一直以为，对待亲人，他们该是情感坦诚的。

她受不了这样的漠视，两年前受不了，两年后也是。她忍不住直视着他轻声问："陆嵘铮，你说你不是我哥，是因为你还爱着我，还是因为你内心因为陆姨的事情还记恨着我呢？"

他的动作微微停顿了一下，那张侧脸英俊逼人，只是嘴角一直在下沉："我不觉得我们需要谈这样的问题。"

"那这样的问题，你要跟谁谈呢？"孟青减苦笑了一下，"霍思吗？"她的话语间都是刺，"就因为她长了一张很像陆姨的脸？"

她越说越过，情绪也控制不住："呵，陆嵘铮，你什么时候有恋母情结了，我都不知道！"

"够了。"陆嵘铮忍不住了，及时呵止住了她。

他没看她的眼睛，但面色已然阴鸷得可怕："霍思救过我的命，她差点替我挡了一枪。"

他的意思很明显了 你不要出言不逊。

孟青减只觉得周身的寒意都涌了上来，遍布了四肢百骸。她当然知道他说的是什么时候，那次她也在场。

那时在一个制毒窝点，她裹着厚厚的口罩戴着墨镜，刚执行完卧底任务，手里还拎着枪，结果一出门就碰到了他和霍思。

她全身装束得跟个毒贩一样，他们碰了个正着。见她手里拿着枪，他以为她要袭击，他揽着霍思的腰如临大敌地看着她。为了不被人发现自己的身份，于是她故意提起枪，结果对面的人一枪开下去是丁点没手软，她的枪也走火了……

孟青减不想说话了，也说不出话了。

她攥着拳头在发抖，像是寒风中的树叶一样，脸色也是惨白。

那边贺萧早听到厨房的争吵了。他不喜欢孟青减，打小就不喜欢，但看到她气成这个样子，作为一个法律博主，他第一反应是这要是气出好歹，自家儿子的民事责任是跑不了的。

于是乎，他还是上去拉架了："孟小姐，你跟哥哥气什么？他不会说话，你这样头会发昏的。"

他不来劝架还好，一来劝架，听到"哥哥"两个字，孟青减不只是控制不住地发抖，就连脑袋都开始眩晕了。

陆嵘铮是一肚子的火气，他已经隐忍很多了，要在少年时，早就跟她大吵一架了。可现在这种情况，不止贺萧看出不对，他看着也有些心疼。

"你们一大家子都欺负我！"她吸气的频率变得高起来，唯一一口均匀的呼吸都用来控诉了。

贺萧见她能说话，便忍不住辩驳几句："孟小姐，我劝你说话讲证据，你说的欺负是在我加入之前发生的，还是我加入之后呢？我加入之后就劝你不要生气，远远谈不上欺负。家里是有摄像头的，你可以看看，阿铮有没有跟你吵，据我在外面听，也是你在跟阿铮吵……"

他牙尖嘴利，孟青减又哪里说得过他。

陆嵘铮忍不下去了："爸，我们的事儿您别管成不成？"

贺萧假装没听到，还继续跟在那儿辩。

这下子倒真是有一大家子欺负一个人的感觉了，孟青减眼眶肿得可怕，贺萧的声音就像苍蝇一样在她的耳边嗡嗡绕，她忍不住了，上前一口就狠狠地咬在了贺萧的胳膊上。

贺萧被她咬得大叫，还出了血，扬言"这是故意伤害罪"，但孟青减死活没肯松口。

05.

医院里人来人往。

贺萧包扎完手臂出来，嚷嚷着要再去打狂犬疫苗。陆嵘铮知道他爸的德行，没搭理。

出来后，他就见到霍思坐在长椅上。

"孟青减人呢？"陆嵘铮问。

霍思手里拿了一沓钱："她走了，这些是那个做钢材生意的聂三爷派人送来的。"

陆嵘铮没接，又继续问："她说什么了？"

霍思小心翼翼地答："她倒是什么都没说，只是聂三派来的人说话了。"

"说什么？"

"他说，让你这个负心人离孟青减远点儿。"

"负心人？"陆嵘铮冷笑一声，心头的那股子火压得他喘不过气，他扭头拿过了霍思手里的钱。

"铮铮，你去哪儿？"贺萧见他要走，在后面问了一声。

陆嵘铮疾步往前走，没回答。

霍思的柳叶眉就没舒展开来过："叔叔，您不拦他？"

贺萧叹了口气，冷哼了一声："我跟那个姑娘，他从来就没把心放正过。"

霍思瞧了贺萧一眼，他脸上是平静又自暴自弃的神色。她的手指摩挲着，有那么一瞬间，她开始估量，连贺萧都拿孟青减没办法，那自己又真的能跟孟青减比吗？

孟青减从医院出来以后，一个人去建国路的红绿灯下面蹲了两小时。那对面的长鱼面馆是那时候她跟陆嵘铮常去的地方，北京物价高，可不管那时候他们多穷，陆嵘铮一带她走到这里，都会买一份。

一碗油亮的黄鳝丝。

一碗高汤。

一碗劲道的挂面。

三者合一，那是那时候她对扬州老家最深的美食怀念法。

后来他卖软件挣了钱，他们倒是不常来了。只是每年冬天下大雪的时候，他但凡路过，都还会记得给她带一份。那时候陆远安疼她，他也疼她，但凡是她想要的，他们都愿意给她。

尤其是陆远安，大三她跟陆嵘铮频频吵架的时候，她也从来相信她。那时候她跟陆嵘铮为了聂春江的事儿几近决裂，关系最差的时候把家里的锅碗瓢盆都摔了。他那时候多欺负她啊，总是当着她的面跟别的女孩子卿卿我我，可学校里的其他同学却都觉得是她咎由自取。

尤其是她不小心撞见了聂春江做卧底工作，被迫上了他的道之后。他们走得太近了，也没法不近，学校里都传得沸沸扬扬，说她为了钱连骨头都不要了，说她依附聂春江，不过是为了当一株向上攀爬的凌霄花。

她那时候顶着巨大的压力，只有陆远安站出来用最锐利的言语回击，我们家减减的骨头值千金，他买不断。

那时候陆远安对她多好啊！陆远安是多年警察，一眼就看穿了她夹缝中生存的不易，多少次发信息给她的时候也是说："减减，陆姨知道你在走一条艰难的不能说的路，陆姨只想抱抱你。"

事实上，陆远安也真的抱她了，在那一年发生的那一场车祸里。

聂春江为了追击一个在逃毒贩带着她上了车，陆远安见到她被聂春江带走有些担心，于是跟同事一起开车跟着他们。当时的场景太过混乱，聂春江追着毒贩，却在高速公路上烟雾症突发，什么都看不清，于是发生了一场连环车祸。

孟青减不敢再想下去了，那铺天盖地的血，以及陆姨喘息着交给她但她这辈子都不敢戴的被染红的玉镯。

"减减，阿铮的下半辈子，陆姨交给你了，你要好好的……"
那是陆姨大口大口地吐着血跟她说的最后一句话。
可他们之间，横陈着那样鲜活的生命，又哪里还有下半辈子……
孟青减的身体抖了两下，不知不觉中眼泪糊了一脸，她多少次做梦梦到浑身是血的陆远安和淡漠疏离的陆嵘铮。

她哭着跟陆嵘铮说对不起，说陆嵘铮，你真的要跟我恩断义绝吗？

他甩开她的手，声音冷得像是冰刀，一下一下，恨不得将她凌迟。

那时候，他说了什么来着？

他说，孟青减，我们无恩无义，又何来恩断义绝。

想到这里，她觉得背后那一阵寒意又起来了。

建国路的街头，车来车往。她站起来揉了揉发肿的眼睛，因为有些蹲得久了，差点一头栽下去，好在落地之前，一只有力的大手把她给扶住了。

"我说什么了今天，你至于气成这个样子？"

男人的声音是冷静下来的温和。

没等她反应过来，她整个人就已经被提溜了起来，然后被提到车子的副驾驶座上了。

孟青减恍恍惚惚地静下心，这才发现，他的嘴角带了些青紫，左颊有些高肿。

陆嵘铮知道她的情绪没看起来的那么稳定，车子开的方向不是他家，而是谢灵家。

"你们两个人竟然还能自己凑一起？"谢灵开门后，下巴都要惊掉了。

陆嵘铮一记栗暴敲她头上："怎么就不能？"

谢灵把孟青减拉到了自己这边："反正就是不能。"她鼓了鼓嘴，护犊子护得紧，没等陆嵘铮再说话，就"砰"地关上了门。

孟青减这个人性格古怪又执拗，朋友数来数去走得近的也就那么几个，可偏偏个个都把她当命。

陆嵘铮后来想想，那时候的事儿，单论感情，错确实都在他。

谢灵给孟青减专门找了个房间发泄。

21 世纪的女青年，受各种杂事儿困扰，谢灵专门置办了一个发泄情绪的房间，可以砸瓶子，可以打沙包。

套上了头盔、铠甲的小孟同志借着伤情和离婚两年没敢告诉家里只敢打完电话报平安后偷偷哭的谢灵在这个中秋之夜砸了十箱的空啤酒瓶。

两人在隔音甚好的房间内，一边砸，一边呐喊：

"我要温如瑾跪下给我唱《征服》！"

"我要陆嵘铮这辈子找不到老婆！"

"我要将来被写入流行乐史的教科书！"

"我要我站的每一寸土地都干干净净，没有毒贩……"

两个单身小姑娘，在这个阖家团圆的日子里，一度喊到了声音沙哑，大汗淋漓后，没有力气便直接躺在了地上。

"你还爱温如瑾吗？"孟青减问谢灵。

谢灵扭过头去，因为太累，声音有些喘："我爱不爱温如瑾不重要，重要的是，我不希望你再跟阿铮在一起了，这辈子，断得干干净净吧，减减。"

外面冷风呼啸，是初秋时节特有的寒凉，枇杷树的叶子被吹得沙沙响。孟青减没正面回应，只是有些呆滞地想，她跟他，断得干净断不干净，从来都不是他能决定的。

218

第八章

荣光下的鲜血

Shiyinianwuxueluo

> 这世上，没有正义是不流血的，
> 你去看看那石头刻出的英雄碑，他们可以，我也可以。

01.

中秋的闹剧后，陆嵘铮再也没来找过孟青减了。

九月末的时候，孟青减独自去了一趟云南。她凭借着自己的三寸不烂之舌和这两年出神入化的黑话本事，成功地带着云南当地的缉毒警察把江老四的窝给端了。

但江老四不是毒贩头子，甚至连手里的毒品叫醉生都不知道，警察一来他就饮弹自尽了。

那批毒品都是陈货。

如同在QQ上那个网名为"黑色心情"的毒师跟孟青减说的一样，他的上一个买家的配方在一次围剿中被烧掉了，只有他有新的。

这案子疑窦重重。

她又遇到了难以解开的死循环，于是乎从云南回来后就在家里躺尸了。

　　张君是个独立且砥砺前行的中年女人，见不惯孟青减这样，觉得年轻人就该有生气，于是一到晚上就把孟青减喊出家门，让她出去玩。

　　孟青减不想玩，也不想被张君念叨，便只好大大方方地去风亭别府的酒吧找季老板下棋。

　　仔细说起来，季老板是她妈当年的旧友，同一所公安大学出身，但后来没做警察，开了商务会所做得是风生水起，除了下棋以外还有两个爱好就是算卦和催眠。

　　今天，他不想做其他的，就给她算了一卦，最终得出的结果是她流年不利。

　　事实上也确实是如此，两人聊了会儿紫微斗数，一出门她就碰上霍思了。

　　霍思看样子是路过，大概是家住在这旁边，手里还提溜了一大包炸鸡。两人打了个照面，孟青减本想着低头走过就是了，可还没走几步，就被霍思叫住了。

　　"孟小姐。"

　　"嗯？"

　　孟青减尴尬地抬起头，想起前段时间自己还无缘无故地骂过人家，有些心虚："有事吗，霍警官？"

　　霍思停住脚，显得端庄而又大方。

　　"没什么。"霍思说，"我只是想告诉你一声，陆嵘铮住院了。"

　　孟青减"哦"了一声："可是他又没邀请我。"

霍思的柳叶眉挑起，像是看怪物一样地看了她一眼，因为过于气愤而跺了一下脚："孟青减，你这个女人怎么这么心狠？"她生起气来的样子还挺可爱的，像只愤怒的小鸟。

孟青减只好顺着她的意："那霍警官，你告诉我，陆嵘铮在哪家医院，我去看他，要得不？"

霍思愣了愣，没想到她会这么说，但只是片刻的工夫，她竟真的掏出了手机："我们互相加个微信吧，我把他所住医院的地址和床号发给你。"

霍思说这话是真心实意的，不带任何含糊。

孟青减没拒绝她，只是心里突然酸了一下，她想，这个姑娘是真的爱陆嵘铮。

医院。

陆嵘铮躺在床上，在执行任务的时候腹部被歹徒扎到，这是他在医院的第二个星期了。

他脾气不好，贺萧又总爱唠叨，所以搁医院的时候，这两父子总吵架，所以没坚持一个星期，他爸就把他一个人抛下了。

孟青减捧着一束玫瑰花去的时候，他正一个人孤零零地看报，跟隔壁病床那个被老婆孩子围着的男人形成了鲜明的对比。

能让霍思开口请她来看望，就不是小伤，所以临行之前，孟青减特地让张君煲了一份浓白的猪肚鸡汤。

"怎么就伤成这样了？"孟青减笑眯眯地走进病房，也不多客套，很是自然地就在他旁边坐下了。

陆嵘铮像是早就知道她要来，眼皮都没抬一下："桌子上有莲子，剥好了。"

孟青减一边放保温壶，一边瞧，果然还真是。

"你这周围的人都被赶走了，莲子是谁给你买的呀？"她在来之前就已经问过温如瑾情况了，自然知道他现在六亲不认的惨状。

陆嵘铮敛了敛眸，没回答她。

他自小就是这性子，不想答的就不答。

孟青减还有事儿，也不多跟他废话，给他盛了碗汤，然后开门见山道："医生说你的伤要养多久啊？你一个人可以吗？你要是一个人不行，我每天可以来给你送饭。"

她是医院的常客。

大食堂的饭做出来大概是营养均衡的，可味道有多难吃，她也清楚得很。

陆嵘铮搁下了报纸，还是不说话，只是用一双黑漆漆的眸子盯住了她。

孟青减被他看得发毛，搅动着汤的勺子顿了顿："你干吗这么看我？"

陆嵘铮仍旧不言，就那么打量着她。

她是猜不透他的心思的，小时候不能，长大了也是这样。本来今天江政东就说找她有事儿谈，她是抽了中午的空闲时间才把汤送来的，既然这样，干脆也就把碗搁下了。

"你不说话我走了。"

她说到做到，真的站了起来。

只是她刚刚挪动几步，手腕就被陆嵘铮给紧紧地拉住了。他的

222

动作很快，也很猛，上手的时候，旁边的输液瓶都颤了两下。

孟青减怕扯到他的伤口，没敢再走，只是回头："陆先生，你能不能不那么奇怪？"

陆嵘铮微微拧了拧眉头，神色有些僵硬："我周遭的人都被赶走了，我不想一个人待在医院里。"

孟青减愣了愣："那我打电话叫贺叔来，给你办出院。"

陆嵘铮脸上微微不悦："在家也是我一个人。"

孟青减摸了摸后脑，想了半天，最终屈服了："行，那我先去忙，过一会儿带你去我家住？"

陆嵘铮这才勉为其难地"嗯"了一声。

02.

江政东找孟青减除了正事儿就是拉家常。

这种上了年纪的大人张口闭口一谈私事儿定要谈到恋爱上。

他是陆嵘铮的上司，所以孟青减从不爱跟他讲这些。今天他也无非就是夸奖了几句她果敢，然后喝了两杯酒就散场了。

如此简短的时间，孟青减也乐得自在，傍晚的时候刚好就到医院接陆嵘铮出院了。

他腹部的伤口还没完全愈合，呼吸过快有时候会面色发白。孟青减没自己开车，怕技术不好颠到他，所以打了一辆出租车。

到家的时候也是巧，张君刚好在给她煲汤，听见开门声了便念叨起来："减减啊，早上的猪肚汤我胡椒放得有点少，不白，现在的这个你喝喝看啊，刚炖好……"

孟青减扶着陆嵘铮进门，听了张君的话，有些尴尬："呃，对，今早的胡椒是有些少……"她一边打哈哈，一边把陆嵘铮先扶到了小沙发上。

　　张君关了灶台的火，端着汤乐滋滋地回头，一看到陆嵘铮的时候，脸色就不对了。

　　陆嵘铮倒是没半点不自在，微微颔首叫了声："舅妈。"

　　张君冷笑着哼了一声，那汤本要搁桌子上的，竟是生生又被捧了回去。

　　"我说呢，怎么万年不喝汤的人今天要喝汤了呢，真是白瞎老娘这份心。"张君一面念叨着，一面端着汤迈着小碎步往对面的自己家跑。

　　"舅妈，你慢点……"

　　孟青减怕她摔了，连连提醒。

　　迎接她的是"砰"的关门声以及一句"我们家福福还饿着呢，我来给你炖什么汤"。

　　"福福是谁？"

　　陆嵘铮不是很在意张君的不友好，只是在打量孟青减小家的同时忍不住插嘴问了一句。

　　"小舅妈家的狗。"她挠了挠头，有些尴尬。

　　陆嵘铮点了点头，不再专注于这个话题，而是将目光放在了不远处她的卧房。门没关，依稀可以看见里面的混乱，被踢翻的凳子、从墙上掉下来的挂历、混乱的信件，还有地上破碎的相框。

　　那都是她舅舅在半个月之前大闹了一场的杰作，她虽然也回来

住了好多天了，但太乱了，总说要找个保洁阿姨收拾，但想想，阿姨也不知道什么该扔，什么不该扔，所以连请保洁阿姨这事儿也搁置了。

孟青减没注意到他的眼神，只想着张君不做饭，得她自己动手了，便独自在厨房忙活着。

陆嵘铮扶着墙慢慢地站起来，朝着那堆混乱走去。

等到孟青减转过头去找他的时候，他已经蹲在她卧室的地上细细地翻着那堆杂物了。

这两年，她总共搬了三次家，很多东西都搬没了，只有这两年写的信都在。

那是一堆未寄出去的信，甚至上面连署名都没有。

陆嵘铮打开其中一封。

上面的字迹娟秀，赫然写着一句话：

"陆嵘铮同志，今年我真的要放弃你了。"

孟青减扶着门框，嘴唇微微有些发白，那种感觉就像是小时候打小抄被老师抓到。她几乎是脑子不受控制地冲过去，一把将他推到了地上。

"你干吗要偷窥人家的隐私？"

陆嵘铮是个病号，哪受得了她这么粗鲁地推，闷哼了一声倒下了，脸色惨白，半天都没能站起来。

孟青减却没顾得上他，只是像是收拾宝贝一样收拾自己的那些信。

她眼圈发红，明明自己是推倒了人的那一个，但在这一刻看起来，倒像是别人欺负了她。

"拉我起来。"

陆嵘铮喘着粗气，向她伸手。

她没理，只是突然站起来，"嗒嗒"地穿着拖鞋往外走，不一会儿就又抱了个铁盆进来。

那铁盆看上去有些年头了，看上去是专门烧东西的，边缘发黑。

陆嵘铮的脑袋眩晕了一下，果不其然，下一秒就见姑娘拿起了打火机，把那些信一股脑儿丢进盆里，还有一些散落的她一直没扔的跟他有关的照片也一并烧了。

陆嵘铮的粗气喘得更厉害了，他想要伸手去拦，却听见她的抽泣声。

她盯着火盆，目光坚定，可闪烁着晶莹的眼里又分明带着哀戚。她从来都是倔强的，从小到大，走上一条路就绝不回头，也鲜做出哀求的姿态。

他恍惚间明白，在当年那份恋情里，觉得尊严被践踏的不只是他，还有她。

他眼前有些昏黑，嗓子也哑得厉害。

"我刚刚什么都没看到。"他试着安抚她。

可她却还是哽咽，火光下那张小脸惨白得像一张白纸。

终于，在那火焰燃尽的时候，她不哭了，只是起来匆匆抹了一把脸，然后像是什么都没有发生一样，把他扶到床上，头也不回地出了房间。

晚上，陆嵘铮没睡着。

他一闭上眼睛就会想起从前跟她在一起的种种事情：在皑皑的

雪山上，他背着她下来，她细白的手攀着他的脖子，一字一顿地说"陆嵘铮，我要你背我一辈子"；在火红的国旗下，他们一起对着脚下的这片土地发誓，要这辈子捍卫它的干净。

他伤口疼，心也疼，整个人都昏昏沉沉，不出意外，就发烧了。

他脑袋发烧，心可是半点没迷糊，跌跌撞撞地就往孟青减睡的侧卧走，见人还在睡，上前就将人抱住了。他力气大，哪怕是个病号也有着孟青减挣脱不开的力气。

她正睡着，冷不丁被人一抱，下意识地就开始反抗。可陆嵘铮却越抱越紧，他因为她的挣脱扯得伤口发痛，浑身冒冷汗。

"我们和好吧。

"让我放开你，不如你一刀一刀地剐了我。"

他趴在她的肩头，一字一顿，竟是生生地将一个拥抱抱出了玉石俱焚的感觉。

孟青减整个人都像过电一样颤了颤。

再之后，她使劲全身力气推开了他。

陆嵘铮只知道她五个小时之前痛哭了一会儿，却不知她痛哭完喝了酒，而此刻正是酒劲完全没过的时候。

她不仅没像他想的那般感动，也没像他想的那般果断拒绝。

她晃晃悠悠地站起来，不知道从哪儿拿了一副拳套就对他是一阵猛砸。

他虽然全身都疼，嘴上念着"孟青减，你喝多了"，但从头到尾愣是一下没躲，生生受下她这两年的情绪。

03.

"那你答应他了吗？"

"没有，我觉得我病了。这几天的心情都很压抑，我害怕。"

风亭别府的酒吧里，孟青减一边低头拿吸管晃着手里的果酒，一边很是惆怅地叹气。

今天早上醒来的时候，她看见陆嵘铮嘴角的青紫和额头的肿胀都没敢相信是自己下的手。平日里那样骄傲的一个人还哀哀地看着她，只说了一句："孟青减，你知不知道打人不打脸。"

她觉得自己就像是一个家暴女。

不值得原谅的那种。

季老板笑了笑："你妈年轻时也喜欢打人。"

孟青减惊讶地"啊"了一声："可她从不打我爸呀。"

季老板继续笑，国字脸下的两撇小胡子翘得老高："可你妈喜欢打流氓，当年我们上学的时候，京城这一片的小流氓都怕她，闻风丧胆。"

孟青减不敢相信，她旧时见到的母亲都是温和万分的，原来还有这样一面。

"那她年轻的时候，喜欢她的人多吗？"她下意识地八卦。

季老板怔了怔，然后微笑着点了点头："多啊。"他说着，眼底带了丝丝回忆的光，"她刚进学校的那个夏天是我为她提的行李箱。那时候公安大学的男女比例是十比一，女生都是香饽饽，而你妈则是香饽饽中的香饽饽。"

说着说着，季老板的眼圈有些红了·"那时候的孟凡就像你一样漂亮。她不该当缉毒警察的，如果她不当，或许不会死得那么早。"

他闷了一口白酒，这还是这个知心忘年交第一次表露出对孟凡的想念。

孟青减微微苦笑了一下："可是我不怪她，她是一直以来我想成为的人。"

季老板点了点头。

他望着孟青减有些感慨："姑娘，你长得真像你妈妈。她也是远山眉、杏眼，笑起来的时候让人情不自禁就想疼疼她。"

孟青减也笑，孟凡确实是这样的，在她很小的时候，她一直觉得孟凡就像是一汪水，长大之后更是。

酒吧里的灯光摇曳，影影绰绰。

季老板似乎是觉得今天的话题太过煽情了，拍了拍裤子上的灰，陡然站了起来。

"你今天不是觉得心理压力大吗？做个催眠怎么样？"

"催眠？"孟青减站起来，兴奋得直搓手，"那我会不会把家里的银行卡密码告诉你？"

季老板打了个响指："兴许会。"

催眠的效果到底怎么样，孟青减不知道该怎么形容，不过从风亭别府走出来后，整个人还真的轻松了不少。

深秋的夜晚，就该吃点儿什么。

开着车去买了老酸奶和汤包，本来想着自己一个人吃完的，但还是没狠心。

她绕着北京城转了一圈，临到家的时候，已经是晚上八点了。

陆嵘铮从床上起来了，正踩在她的粉色瑜伽垫上捧着她的《神探夏洛克》，那是三个月前聂三专门给她抢的限量精装版。

"谁让你拆我的新书的！"

孟青减抄起一份老酸奶就砸过去。

陆嵘铮闪身躲过，他的脸颊还带着斑驳青紫，却丝毫不在意，一本正经地反驳她："书放着不拆供着？"

"就供着，要你管？"孟青减气呼呼地跑过去把书从他的手上夺过来。

"它的封面怎么有水？"

她巴巴地用袖子抹平，心疼得要哭出来。

陆嵘铮戏谑地指了指那已然落地的老酸奶："它蹭的，你砸的。"

合理甩锅。

孟青减竟然反驳不了，只能低着头委屈巴巴地将书给抱回了卧室。

等出来的时候，陆嵘铮已经坐在椅子上特自然地品尝起她带回来的汤包了。他从来都是个优雅克制的人，不管是吃东西还是做事儿，都有他的一套规矩，所以哪怕是一天没吃饭也能够给人一种极其优雅斯文的感觉。

"你手里拿的是蟹黄的，对伤口不好，吃菊叶的吧。"

孟青减把他手里的那盒拿走，把另一份推给了他，那是他从小到大最讨厌吃的野菜。

陆嵘铮眉头拧了拧，抬眼看孟青减的时候，语气里却带了几分好笑："你看我什么时候吃过这东西？"

"清凉养伤口，凑合凑合吃吧。"她坚持给他来了一个，一边来，一边皱眉头，"陆嵘铮，你真是一个假的南方人。"

陆嵘铮笑了笑，搁下筷子反驳她："那你就是一个真的扬州姑娘了？都说扬州出美人……"

"闭嘴吧你！"孟青减低喝一声，恶狠狠地把一个汤包塞进他嘴里。

陆嵘铮闻不了那味道，反胃恶心，一口就吐在了垃圾桶里。他腹部有伤，低头的那一瞬间扯到，疼得嘴唇微微发抖。

孟青减这才觉得自己过了，赶忙上前扶住了他："对不起对不起，我还是给你煮个汤吧。"

他的手却搭在了她的手腕上，力道很大，不是勒住，而是按住。

"没事，你摸摸就好了。"

他把头微微靠在孟青减的怀里，那按住了她手腕的手领着她一路摸索到了右腹处的伤口上，有丝丝的温热血迹还在渗。

她的心微微抖了一下，有些难受。

"怎么会伤成这样？"她没推开他，只是顺势搂住了他。

"那天送你去谢灵那儿后，在路上遇到个老毒贩，他刚被放出来看起来鬼鬼祟祟，我就一路跟着他。后来发现他在巷子里给一群小年轻白粉，被我逮了个正着。"他轻描淡写地说。

孟青减点了点头，估计是那些不懂事想着要跑的小年轻下的手。

"下次小心点儿。"

"嗯。"

陆嵘铮应了一声，嘴唇动了动，刚想再说点儿别的什么，只听得门外传来一阵急促的敲门声。

孟青减有些尴尬地推开他，连忙去开门，还未走到那里，门就已经自己开了。

聂春江拎着钥匙进来，一张面皮白得骇人。

"减减，你舅舅出事了。"

"什么？"

04.

孟青减诧异地看着聂春江，明明半个月前她舅还生龙活虎地搁这儿拆家呢，哪有出事的迹象，便有些不信。

聂春江一张口，但看见陆嵘铮在那儿又止住了，而是转头把孟青减拉到了卧室里，临关门谈话之前特地扫了一眼正用威胁的目光扫视着他的陆嵘铮。

"我们说的是正事，你别进来。"

孟青减跟着聂春江走进房间里。

谈话不到一分钟，聂春江就又被孟青减给踹出来了。

"聂春江，你疯了是不是？"

她很少骂人，也很少在清醒的时候踹朋友踹得这样重。聂春江撞在沙发上，整个人有些狼狈。

"但凡我舅今天出个事儿，我饶不了你！"她狠狠地对着聂春江的肚子踹。

聂春江多年经商，他跟孟青减的卧底工作分工也一直是明确的——他在明处打点商业布局的关卡，她在暗处跟毒贩周旋。论武力值，他这几年不锻炼还真有些不行。孟青减下脚狠，本跟聂春江没什么革命友谊的陆嵘铮看了也觉得不好，在她准备再踹的时候，直接挡在了聂春江的前面。

"够了，减减。"

也是他这一声才把她拉回了现实的世界里。

她的双眼通红，聂春江有些委屈："不是，你舅让我娶你，你不是一直不愿意吗？我这才把我们这几年的布局跟他说了，还有江局那里……"

孟青减听到"江局"两个字连忙呵止住了他："停止吧，聂三。"

她的脸色不是很好，跟他搭档两年从没这么糟心的时候。在对待毒贩的方面，聂春江的智商是从来在线的，但今天就像是突然变了一个人一样。

陆嵘铮的神色也微微滞了一下，但一切都掩藏在他平静的面皮下，没表露出来，只是看孟青减的眼神有些变了。

孟青减深吸了一口气，猛地捋了一把碎发，拎起包就冲出了门去。

聂春江本也要追出去，却被陆嵘铮给叫住了。

"等等。"

他的手摩挲着沙发靠背，抬眼看去的目光，颇有些深邃。

"你想问我江局的事儿？"聂春江没想着再瞒陆嵘铮，站起来抖了抖身上的土，虽然狼狈，但在情敌面前并不输气势。

陆嵘铮给了他一个"你说呢"的眼神。

聂春江一笑："提到江局你就该知道减减这两年都在做什么了。你之前扣她下来也未必是怀疑她跟毒贩有关系，你那时候大概也猜测到她可能是什么身份了。这几年江局手下的案子都破得很顺利，他也说过你们这些一线干警有很多想着请我们吃饭但都被他拒绝了。"

陆嵘铮说："就这个？"

聂春江点头："嗯，我能说的就这个，不过跟你有关系的可不止这个。"他扯了扯嘴角，挺正义一人也不知怎的，在那一瞬间就起了逗弄陆嵘铮的心，"你不是一直都想知道这两年我跟减减的男女关系坐没坐实吗？"

他淡笑着扫向陆嵘铮，从怀里掏出了一个玻璃制的玩偶来。

那是一只透明的小猪，在阳光下熠熠闪光。

"看，两年前她刚跟你分手的时候，曾送了这个给我，我当时不知道这是什么意思，后来她总念叨着江豚江豚，我才想起来，她出生在运河边背靠长江，这种叫江豚的物种应该是她的守护神。"聂春江一边说着，一边露出了骄傲之色，"所以我想，这应该也是表达爱意的一种方式了吧。"

陆嵘铮微微抬了抬眼，没说话。

聂春江又继续："陆嵘铮，你跟孟青减认识到今天有九年了。我跟她如果真从小时候第一面开始算那是二十多年，孟家的这个姑娘，一生下来我就见过。我当年是她妈的线人，反正还有两天就不做了，也不怕告诉你，我跟她的缘分，那是打娘胎里定下来的。"

陆嵘铮活了二十多年，第一次见到这样打小觊觎人家妈，长大觊觎人家女儿还如此嚣张的，竟然是生生被气笑了。

"可她从小就喜欢我。"他平静地开口，一句话就让聂春江有了一种要闭麦的冲动。

"但她这两年是跟我在一起的，陆警官，要着眼现在，你不知道吗？"

"那她现在也喜欢我。"

陆嵊铮微微笑了一下，是十足的笃定。

聂春江恨得牙根直痒痒，他几乎是不动脑子地脱口而出："你凭什么觉得她现在还喜欢你？"

"不凭什么，她就是喜欢我。"

陆嵊铮从头到尾就是这一句，聂春江却发现即使他像个复读机，自己也没法辩驳得过他。

聂春江认输了，干脆昂着头甩了陆嵊铮一句："可她舅舅不喜欢你！"

"但她舅舅总有一天会爱屋及乌。"陆嵊铮一字一顿地反驳，这是实话。

他们在一起谈恋爱的那两年，孟月朗虽然多加阻拦，但也不是没有松口的时候。那大概也是在他跟孟青减闹得最僵的一年，她从一个被养得很好的小白胖子嗖嗖地掉了十多斤肉变成了一个小瘦子，孟月朗心疼了，还是舍不得外甥女，便来找他。

他还记得那时候孟月朗对他说的话。孟月朗说，陆嵊铮，我不阻拦你们了，我只请你对我们家的姑娘好。

在那之前，他一直以为孟月朗脑子里只想着攀附权贵，直到那一刻他也觉得是惺惺作态。但自那很久以后，他才明白，这是亲人，真正看你难受了，心疼了，真的没什么不可以。

那份爱始终是扎实的，只不过那时候他跟孟青减分手的矛盾点早已经不在孟月朗身上。

聂春江不说话了，他也不想跟陆嵊铮再说什么了，冷哼了一声，转头便昂首挺胸地走出了门。

他还是那个在商界跺下脚大地就要抖一抖的聂三爷，他不该跟这个小警察计较。

他想，既然他只能送她到这里了，也不妨最后加点佐料。

05.

人来人往的医院里，孟月朗躺在病床上，他的胸前安了心率测量仪，嘴上戴了呼吸罩。

孟青减去的时候，他正在不适地把那呼吸罩拿了下来。

他亲爱的前妻张君在旁边就那么看着，丝毫都没有要帮忙的意思。

"舅舅……"

孟青减硬着头皮走进去，膝盖突然就有些软了。

张君虽然不知道孟月朗为什么年纪轻轻被气成了心脏病，但稍稍动脑子想一想也知道是一定跟孟青减有关的。为了不打扰他们舅甥二人打架，她偷摸地站起来就出去了，还顺带着把这单人病房的门给关上了。

"跪下！"

孟月朗低喝一声，撑着手臂微微坐起来，因为过分生气，胸口剧烈地起伏着，消瘦的身子在病号服里显得格外单薄。

他是个极有经商天分的人，生意上的事情几乎没让他烦心过。哪怕是她高考的那一年因为偷报公安大学被他知道，他举家迁到北京，生意也没有丝毫受损过。那都不是他操心的事情，细细想来，最让他操心的就是她了。

孟青减有些心酸，她不是不懂孟月朗的心，但她就是没觉得自

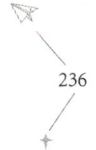

236

己有什么错。

"难道我这么大了连决定自己命运的权利都没有吗？"她没跪，只是含泪看着孟月朗。

"你有决定命运的权利，但你没有决定生命的权利！"

孟月朗抄起桌子上的一个水杯就朝她砸过去，他的身子微微发颤，眼圈发红发胀，声音更是抖得厉害。

"你要是跟我说你这辈子非警察不做了，我真能逼你离开不成吗？"他咬着牙，满是恨铁不成钢的意味，"可你为什么不说呢？跑去巴巴地做个卧底，偷摸着就比光明正大好吗？"

孟月朗的喉头有些哽，一想到这里，就悲戚万分，恨不得狠狠地抽自己一耳光。

他眼里的痛悔，太过清晰，也非常鲜明地刺激到了孟青减。

她捂住了脸，不再倔强了，而是缓缓走到孟月朗身边蹲了下来。

"舅舅，我没觉得自己哪里过得不好，真的。"她松开手，把脸缓缓地靠在孟月朗没输液的那只手上，有眼泪流下来，冰凉冰凉的。

"其实这条路没有你们想象的那么难，真的。我走了两年，还不是好好的吗？而且每一次跟毒贩打交道的时候，我都仿佛能看见爸爸和妈妈。就是那种冥冥之中他们会告诉我撑下去，后来我就真的撑下去了。你知道的，我从小就想成为他们的骄傲。"

她说话的声音闷闷的，孟月朗心疼地落下泪来，反手就将她搂进了自己的怀里："我早该知道你是因为想他们才这样的，我不该拦你，可舅舅害怕……"

他轻轻地拍着自家外甥女的背，三十多岁的男人突然哭得像是个孩子。

孟青减就那么抱着孟月朗，也不知道哭了多久才停下的，只知道出病房的时候，张君正用一种审视的目光瞧着她。

"平时你舅不打你，你也不哭成这样，这次怎么回事儿？你舅打你哪儿了？"

张君拉扯着孟青减的胳膊肘，左左右右仔细打量。

孟青减肿着双眼睛摇头："我舅没有打我，但我这样很丑吗？"

二十出头的女孩子哪个不爱漂亮，张君愣了愣，含糊地答："不丑，算个核桃美人吧。"

孟青减嘴角一撇，眼泪就又下来了。

她想起了季老板给她算的卦，流年不利。

她在脑子飞快地盘算了一下这几天没做的事情，最终捂着脸就出了医院。

出租车上，她做的第一件事情就是问聂三有没有能把一直跟她聊天的"黑色心情"的医药公司搞垮，得到的结果当然是没有。

她登上QQ一看，要命的是，QQ号被盗了。

孟青减想哭，但她今天哭得太多了，眼泪流干了，只好在一分钟内第二次拨通了聂三的电话。

"我的QQ号被盗了。"她苦着脸，一字一顿。

聂春江说："绑手机验证。"

孟青减继续苦着脸："那是从我妈遗物堆里找出来的账号，我怎么绑手机？我妈妈的手机很多年前就坏了，江局也没给我呀。"

聂春江在那头发出了一个悠长的"哦"，他并无心跟孟青减深究这个问题，只是道："减减同学，你现在最好不要回家。"

"为什么？"

"因为我从你家走了之后，气不过把你中弹的照片发给陆嵘铮了。"聂春江说得理所当然，"我照顾你三年，你快要跟别的男的跑了，我觉得我该最后让你烦心一下。"

他说罢就"啪"的一声挂了电话。

孟青减拍了拍自己的肿眼泡，微微怔住，还没来得及对聂春江大喊大叫，出租车刚好就已经开到家门口了。

06.

陆嵘铮正背对着她在厨房里坐着，他搬了一个小板凳在桌前很精细地在切豆腐丝。他们刚谈恋爱那会儿，她带他去扬州，曾在一家小茶楼里亲眼见师傅将一块方方正正的豆腐切成入针可为线的银丝。

她那时候在蜜甜的爱情滋润里，见什么都欢喜，便央着他也给她切。他哪有这样的手艺，嘴上说好，真到动手的时候却每每都要耗上半个小时。长此以往，就养成了他一切豆腐必要搬个凳子坐着的习惯。

"今天不做饭了，我们出去吃吧，我想吃扬州炒饭了，对面新开了一家很不错。"

她也不想他受着伤还费时费力，便上前按住了他的手。

陆嵘铮眼皮都没抬一下："不行。"

"为什么不行？"

"因为我已经开始切了。"他异常固执地说。

她走到他面前一看，那豆腐也确实切好一半了。

她只好点点头，扭头进浴室去冲了个澡。

等到出来的时候，刚刚好，他的大煮干丝已经完成了。

一顿饭吃得小心翼翼，也非常没有滋味儿。

两人的心里都藏着话，但又不知道从哪里说起。快吃完了，陆嵘铮才问了一句："孟青减，我过几天要回一趟南淮，你跟我回去吗？"他的声音有些哑也很沉。

她尴尬地放下了筷子，没敢看他的眼睛："我就不去了吧。"

QQ 盗号的事儿她还没解决好，她不想在心烦之上再多一桩心烦。

陆嵘铮点点头，低笑了一声："那沈和平的工作地点在哪儿，我就不告诉你了。"

"沈和平？"

"对，我给他在南淮找了个工作，他孤身一人，有时候去到一个没有人认识的地方会更好。"陆嵘铮摩挲着手里的杯子认真地分析着。

孟青减"噢"了一声："也是。"她一想到沈和平，还是会止不住地失落。

陆嵘铮知道她在想什么，漆黑的眸子里带了几分炽热："你知道英雄跟普通人的区别吗？"

"一个要牺牲，一个不要？"她顺嘴一答。

"一个是能一辈子坚定地走一条路，守住心底的线不动摇；另一个是也明白对错，但在选择面前未必能守得住。"

他的身子微微向她靠近，伸出手去揉了揉姑娘的杂乱的黑发：

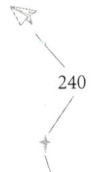

"你做得很好了，这世上没有全然的黑也没有全然的白，但在这条路上，你是我们所有人的骄傲，真的。"

他的嗓子有些哑，下巴微微抵着她的肩膀，发青的胡楂在她的面颊上蹭了两下："以后哥靠你了，你给哥撑腰。"

这是他这辈子第一次这么夸她。

孟青减眼眶发红，却还是推了推他。

"孟家不给男人吃软饭。"她说。

这话要是搁两年前，陆嵘铮绝对要觉得伤到男人的自尊了，可现在却丝毫不觉得有什么，反倒是笑了笑低声说："我妈走之前也说了，让我这辈子倚仗着你。我混账了两年现在回头了，我不能没有你，真的，减减。"

陆远安是孟青减软肋中的软肋，一提到陆远安，她的心就软了。

孟青减没再说话了，也刚刚好这个时候张君从医院回来了。

张君是到这儿来取保温壶的，看到这个两人差点要亲在一起的场面，又赶忙踩着小高跟"嗒嗒嗒"地退出去了。

陆嵘铮继续煽情："咱舅舅怎样了？"

"不，你这样叫他，他会打你的。"

"那他打你了？"

"那倒没有，不过今天他让我跪下，但我没有理他。"孟青减闷声说着，为自己能够再度跟孟月朗抵抗并且取得终极顺利而骄傲。

陆嵘铮笑着拍了拍她的脑袋："鬼灵精。"一面说着，一面就站起来去卧室换衣服。

孟青减刚从医院回来没一个小时，是真的不想再去。眼见着陆嵘铮开始严丝合缝地扣衬衫扣子，她一个翻身就在床上烦躁地翻滚。

"我不去。"她说。

"没事，那我去，等我回来。"他俯下身子在孟青减的额上亲了一口，"等我回来，我有东西给你看。"

孟青减"嗯"了一声，娇俏地对他挥了挥手。

他打开门走出去，临别时目光还在她的身上停留了片刻，那是他们这两年少有的赤裸裸的缱绻。

孟青减受不了这个，下意识地捂住了自己的脸。

07.

已经是十月份了，再过段时间，北方就要下雪了。

孟青减在床上左右翻滚着，心情有点说不出来。小兴奋、小甜蜜谈不上，而是有点，怎么说呢，苦尽甘来？

她乐滋滋地摆弄着自己的手指，身后有人拍了拍她的肩膀。

她说："舅妈，别闹。"

身后的人继续拍。

她又说："陆嵘铮，你回来了？"

身后依然没有回音，只是她鼻子上突然多了一块黑色的布。她被捂住，意识到不对急忙开始挣扎，然而已经来不及了……

那头，聂春江在自己的小办公室里喝着杨枝甘露，接到江政东的电话的时候，是他正在降火的时候。

"喂？减减呢？"江政东问。

"你去问你徒弟，我跟孟青减闹掰了。"聂春江没什么好气地说。

江政东声音发急："陆嵘铮在医院给孟月朗负荆请罪呢，减减电话没人接。证据已经收齐，就等捞鱼了，但是去抓捕季中梁的人回来说季中梁跑了。减减还什么都不知道，我担心她出事……"

聂春江顿了顿，猛地搁下了手里的勺子。

"季中梁跑了？"他吃不下去东西了，"不是，季中梁怎么能跑呢？"他额头的冷汗往外冒，"那个笑面虎就是变态，减减要落他手里那估计就凶多吉少！"

"你也别太急，我已经让人去查减减家附近的监控了。季中梁这次被你设了一局，窝都给端了，难免走上不归路。你跟他相熟十年，你想想，什么能让他冷静？"

"孟凡能让他冷静，你去把孟凡从天上请下来！"

聂春江没什么好脾气，只是对着电话里低吼。他本来都以为这一遭结束，他可以真正地开心地做他的钢铁业大亨了，没想到还有这么一档子事儿。

废弃的工厂里亮着十几根蜡烛，孟青减醒来的时候是躺在水泥地上的，她的对面是坐在椅子上静静地凝视着她，说你这张脸跟你妈真的一模一样的季中梁。而旁边则是被蜡烛和油围了一圈，被绳子捆成了一个粽子的霍思。

"怎么会是你？"孟青减跟跟趵趵地刚要站起来，就被两个男人又按坐了下去。

"怎么不会是我？"季中梁笑了笑，望着手里的弹簧刀，发出一声长长的"噢"来，"对了，你还不知道，你的 QQ 是我盗的，我催眠了你就想看看毒师鲁青云还在不在……你做线人两年，跟他的记录也保持了两年，想不到吧，你联系的'鲁青云'就是聂三。聂三和江政东那个老头儿都觉得你过分轻信人，觉得你蠢。你看看，像这种大案子，你连线人都不算，你就是个愚蠢的被利用来抓人的工具。"

季中梁眼中满是轻蔑。

孟青减不是一个笨的人，从聂三告诉她，他告诉了孟月朗他们在做什么起，她就预感有大事发生了。若非不是要收网了，他不会向孟月朗坦白的。她只是不明白，季中梁为什么要把霍思也抓过来？

"你抓我就行，抓她干什么？"

"因为她是警察啊。"

季中梁笑了笑，哪还有什么先前和蔼长辈的模样。他手里的刀子在烛火下熠熠闪光。

"你不是一直喜欢陆嵘铮吗？他不是你一直的最爱，你这辈子只钟情他一个人吗？"季中梁一边说着，一边指着倒地的霍思对孟青减说，"只要你踢翻其中的一根蜡烛，她被烧死，你就可以得到一个专属的他了，这样不好吗？"

孟青减愣了愣，悲哀地看着季中梁："我跟他在一起是我们的事，为什么要毁了别人？"

季中梁说："因为她是唯一一个插足过你们感情的人啊，你不觉得不纯粹了吗？"

孟青减无话可说，她也是傻，跟这样的人有什么道理可讲。

季中梁却仍不打算放过她："我反正已经是快死的人了，也不怕多拉几个替死鬼。对了，忘了告诉你，我当年是你妈妈的初恋。"

他笑着拍了拍孟青减的脸，那眸子阴森森的，让人发寒。

"只是你妈后来背叛了我，看上了那个穷小子傅征。你说傅征有什么好？除了长着一张稍稍好看的脸，哪里比得上我。你看看，所以后来他们都死了。"

他轻轻地笑着，像是个黑暗中的魔鬼。

孟青减被两个男人按着肩，动弹不得，却仍觉得恶心，一脚就向着季中梁踹了过去。

"我爸比你好千万倍！"她咬牙，这辈子最受不了的就是别人对父母的诋毁，"我爸娶我妈的时候是穷，但他坦坦荡荡一身正气。他们这辈子死得是太早了，但他们的名字是被刻在那英雄碑上的，不像你！"

"不像我什么？"

"不像你这辈子即使有碑也是跪着的！"孟青减倔强地抬起眼看他，继而冷笑，"你见过有秦桧是站在岳飞面前的吗？"

季中梁手里的刀子翻转过来，用刀柄磕在她头上，有血迹顺着她的额头流了下来，但她的目光却仍然坚定。

"真好，还真是跟孟凡一个脾气！"季中梁冷笑了两声，然后对着两个手下挥了挥手，"给我把她们看住了，蜡烛撤掉不烧了，让老七去公用电话亭发话给警局，这两个人质在我们手里，帮我们买票去美国，到了美国境内我们再放人！"

他一边说，一边扭头对旁边的另一个穿着黑衣的男人吩咐着。

水泥屋的门被重重地关上。

守着她们的人在外面，世界都安静了，仿佛只剩下了她们两个。

第九章

陆警官，我们殊途同归

亲爱的陆警官，让我们相互扶持着走下去。

01.

霍思的绳子被孟青减给扯掉了。一片黑暗中，两个喜欢上同一个男人的姑娘背靠着背在一起等待救援。

四周是高不可攀的墙，半点亮光都不透。

霍思说："其实陆嵘铮很喜欢你。"

孟青减说："我知道。"

霍思低低地笑起来："我很羡慕你……真的，所有人都疼你，你很幸福。"

孟青减点了点头，不置可否："也许是幸运更多一些。"

她抬起眼，这是一个看不到月亮的地方，高墙密不透光，可她的心里却始终有一盏灯。

而那一盏灯则是那么多爱她的人一起点亮的。

她抱着膝盖，眼睑低垂着。

也就是安静下来还没多久，门口突然就传来了一阵踢踢打打的声音。

那大概是救援她们的人来了，孟青减和霍思相互对视了一眼，立即就站了起来。

门在顷刻之间被人踢开，但率先冲进来的不是救援的人，而是季中梁的手下。

孟青减猛地将霍思往安全的方向推去，自己则一脚踹在了季中梁手下的肚子上。

她的拳脚功夫并不差，那人当即被她踹倒。另一个也要冲上前，但被赶来的陆嵘铮一拳狠狠地砸在了地上。

"没事，我护着你。"

陆嵘铮把她死死地拉到了身后，霍思也已经安全了。

季中梁眼见着没有人质了，一下子捏住了跟陆嵘铮一齐冲上来的聂春江的脖子。

"你别！"

孟青减倒吸了一口凉气，眼见着聂春江的脸因为喘不过气来而变得青紫，声音有些抖。

"准备十张去美国的飞机票，到了美国境内，我放人！"季中梁冷冷地谈判。

"季中梁，你当年也是公安大学毕业的，你该知道，我们是不会向毒贩屈服的。你如果不胡来，我们还能谈判；但你要是胡来，我们是可以把你就地正法的！"江政东沉着脸正色厉喝。

季中梁仍旧坚持："那我反正死路一条了，就看你们重不重视这个聂春江的命了。"他一边说着，一边手头用力。

在场的人都清晰地听到了骨头被挤压的声音。

"聂三！"聂春江还没有叫，孟青减就忍不住红着眼替他惨叫了一声。

"季中梁，你手里那个文不能文，武不能武的，你抓他多没用，换我吧。"陆嵘铮抓着孟青减的手依旧用力，只是对季中梁笑了笑，"你看看你手里那个，你这么勒下去，不到机场，就挂了。到时候你会被直接击毙，你换我做人质，我至少能撑到你上飞机。"

季中梁低头看了一眼手里的聂春江，脸色俨然已经成猪肝色，再掐下去真的会死。

"那好，扔一把枪过来！"

"好。"

陆嵘铮低下头，将手里的枪扔过去。

季中梁接了枪，指着陆嵘铮。

孟青减的手心里满是冷汗，陆嵘铮往前走一步，她就拉着他的手跟一步。

已经走出五步了，她还是跟着他。

"回去！"陆嵘铮冷下脸严肃道。

"不要。"

"滚回去！"

"我不！"她抬头，眼眶里已经满是泪花。

陆嵘铮沉着脸不再看她，只是回头看了一眼他的兄弟们。

两个警察会意，上前来把死活不肯动的孟青减直接拉到了安全区。

248

"陆嵘铮，你这个浑蛋！"她含着泪痛骂他，然后眼睁睁地见着季中梁放开聂春江，用黑漆漆的枪管对准了陆嵘铮。

随着警察前来的救护人员直接将聂春江带走，江政东怕孟青减的情绪不好，就劝她："你跟着聂三先走，等一会儿我带小陆回去哈！"

孟青减摇摇头，目光只是跟着季中梁的枪走。她咬着牙说："我不要！"

季中梁的枪一直都没放下过，他要了一辆车，让手下先上去，然后个儿也带着陆嵘铮坐了上去。

警察不敢跟太近，只敢远远地跟着。

孟青减跟江政东在一辆车上，季中梁要去的是国际机场，中途可能会上大道，而且到了人多的地方可能会引起公众恐慌，所以必须要在车子开出郊区之前截住。

"江局，这是你的私车吗？"开到一半，孟青减突然没头没尾地问，"贵吗？"

江政东有些茫然："还好。"

"我刚刚在你车后备厢里看见一箱吃的，我不行了，太饿了，我怕之后看到季中梁再拿枪对着陆嵘铮，然后我又饿又难受晕倒，你能去给我拿一下吗？"

孟青减眼巴巴地看着江政东。

江政东没拒绝，她确实一天没吃东西了，所以开到一半他就下了车："你不要怕啊，我们会保证小陆的安全的……"

江政东一边下车，一边给孟青减做思想工作，可也就是车门刚刚关上的那一刻，孟青减直接挪到了驾驶座的位置，她将油门一下子踩到了最大，也就是瞬间的工夫，整辆车像是箭一样飞了出去。

只剩下江政东被喷了一脸的汽车尾气。

孟青减的油门已然踩到最大，速度超过了所有警车。

鸣笛声在这条道上争先恐后地响起，她这两年闲暇的时候比较多便时常去学飙车，倒是已经达到了赛车级别，只不过一会儿的工夫，那车子就已经跟季中梁在同一条车道上了。

孟青减顾不得那么多，心一横牙一咬竟直接把车横了过去。

"嘭"的一声。

两车剧烈地相撞。

车窗玻璃碎了一地，孟青减的额头上满是血，手上也是，她跌跌撞撞地从车里出来。警车都停下来，先到季中梁的车子里捞人，里面的人都被撞晕了，警察们一个一个地把没有威胁能力的嫌疑人送上救护车。

坐在后排的季中梁的头也被撞得都是血，只有陆嵘铮还清醒着。

孟青减迷迷糊糊地过去，跟三四个警员一起猛地拉那车门，才最终将门打开。

她看到陆嵘铮没事，只是脸色发白，上去一把就抱住了他。

"我害怕……"

她一边抱着他，一边哭。

陆嵘铮没跟她煽情，而是缓缓地推开了她。

"别碰我。"

他冷冷地吐出这三个字，眼睛却紧紧地盯着状似昏迷的季中梁，

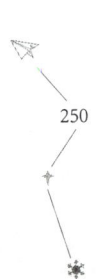

一丝不敢放松。

她额头上的血都干在了头发上，狼狈之中又带着茫然。

她从来都是沉稳的，但毕竟也还是个二十出头的姑娘，危险过后没得到情人的安慰反而遭遇了如此冷漠的对待，自然有些不知所措。

"你怎么了呢？"她抱住他死活不撒手，一双杏眼里都是水光，急得跳脚。

两人在路边就这么僵持着，季中梁被人从车里面也薅了出来，他的眼睛闭着看上去像是睡着了的样子，其他警察把他弄上了担架。

陆嵘铮没理孟青减，仍是盯住季中梁，突然，那双眼睛倏忽之间眯了起来，像是豹子一样。

孟青减还没有反应过来，只听得陆嵘铮咬紧了牙对她说了一句"闪开"。

她被他巨大的力道推开，再之后，耳边就只剩下了"嘭"的一声枪响。

孟青减半跪在地上，没有哭，只是整个人脑袋发蒙。

江政东把她扶上救护车，她的手上沾满了陆嵘铮的血和自己的血，混在一起。

她还记得当年也是这样，她跟着陆远安上了救护车，她一路抓住陆远安的手，念着"陆姨，你要撑住"，可最后，也没能留得住陆姨。

她的脸色白得骇人，一直到了医院也仍旧是这样。

陆嵘铮被医生护士推进手术室，她在外面跟着，有其他医生来给她处理额头上的伤，她像是失了神一样，这样的状态像极了陆远安死的时候。

江政东实在是不放心她这样，兜兜转转只好央求张君来把外伤处理好的孟青减先带回了家。

02.

一场劫难。

一个案件，时隔多年终于画上了完美的句点。

十一月的时候，北京下了一场很大的雪。机场瘫痪，火车站停运，孟青减一路从北京开着车就回了扬州。

那是她人生当中第一次开如此漫长的长途，凌晨五点出发，回到县城老家的时候已然是凌晨了。

她去运河公墓那儿给父母报了信，通宵聊天后给了守墓的老爷爷年钱就转头把车开回了家里的老房子。

这里已经两三年没收拾了。在孟青减说要回家的时候，孟月朗只回了她六个字："你住不下去的。"

灰尘布满了两层小阁楼，孟青减请了个阿姨过来擦了一下，旧是旧了点儿，但凑合着还能住。

"减减，你什么时候来警局报到？"江政东在北京找了一圈寻不见她人，便一个电话打了过来。

"等年后吧，我想歇歇。"

江政东在那头顿了顿："行，那个小陆他……"

孟青减一听到"陆"这个字，就"啪"的一声把电话挂了。

运河边的船队总在深夜启航，大喇叭的声音响亮又粗犷。那是孟青减听了十一二年的声音，到扬州以后每晚听着它睡，她觉得自己的睡眠质量整个都提升了不少。

隔壁邻居王哥总喜欢来找她玩儿。

他有一个很好听的名字，叫王月明。

孟青减每次一听到邻居奶奶叫他的名字"月明""月明"，她就会想起聂春江。何处春江无月明，她觉得他们应该在一起，不过似乎王月明看上了她，整天减减长减减短。

她已经很久没有一个人在扬州待着了。

谢灵问她为什么回去，她说只是想家。

其实，她是知道陆嵘铮醒了，她只是不想见到他而已。

她终于明白，那天她赶到他面前的时候，他为什么会推开她。

他们可以一起为了一样事业而死，但都无法容忍对方为自己死。

生命太宝贵了。

他们没有人愿意一辈子活在对方为自己奉献出生命的阴影里。

孟青减一个人在扬州待了整整三个月，算是从最好的季节熬到了南方小县城最冷的时候。北方与南方的区别，那是雪花大小与厚度的检验。

2016 年年末扬州的第一场雪，在除夕的烟花声中来临。

孟青减坐在庭院的凳子上看天上绚丽飞过的烟花，她的对面是看似平静的运河和从未有过一刻停止过征程的渡轮。

她的目光本来被天上的绚烂而吸引，可低头的一瞬间却看到了一个黑亮亮的物体从水底探头而出，它的身姿矫健而又优美，仅仅是几秒钟的工夫，又旋转下落，像是暗夜中的精灵。

孟青减整个人怔了一下，还没有来得及欢呼，就听到了周遭渔民的声音，他们大喊"江豚江豚"。

那是她这辈子第一次见到江豚。

她兴奋得连话都说不出来，也忘记了许愿。

直到过了很久很久，才有一个声音在她的旁边响起："孟青减，我祝你一生正义，干干净净。"

她回过头，穿着件黑色皮夹克的男人正叼着一根烟微微弓着身子在看她，他的眼尾略带笑意，不是那么正经。

孟青减没说话，只是"啪"地一脚将他踢倒。

他大概是没想过她会动手，拍了拍屁股上的土，又站起来跟了上去。

"他们说，我在医院待着的这段时间，你都没去看我？"

陆嵘铮自顾自地走进房子里，径直坐在沙发上，给自己倒了一杯水，一边喝一边不咸不淡地问。

"不然呢？"孟青减也不看他，拿起鸡毛掸子就开始给房间大扫除。

"让让！

"让让！都是灰！"

她的鸡毛掸子扫到他所坐的地方，他没有要站起来的意思，只是笑了笑："没事，我不嫌弃。"

孟青减觉得这人厚脸皮，给了他一个白眼。

"你不嫌弃，我嫌弃。"她如是说，然后扔了鸡毛掸子就自顾自地上了楼。

这是老式的二层小楼。

她上去了，陆嵘铮自然也旁若无人地跟了上去。他在楼上和楼下是两种状态，她才刚在楼上站稳，他的手已经牢牢按住了她的肩膀。

温热的唇贴了上来。

他的呼吸炽热。

孟青减下意识地想要挣扎，却已经被他霸道而又蛮横的吻搞得晕乎乎了。

渐渐地，她不再挣扎了。

但是，美好的柔情仅仅是片刻，下一秒，孟青减就毫不犹豫地推开了他。

"我的枪伤还没有好，你推得那么狠？"陆嵘铮不满地看着她，漆黑的瞳眸发亮的样子和有力的话语全然不像是个病没好的人。

孟青减不理他，只是低垂着眼睑往里走。

陆嵘铮紧跟而上，在房间里的时候双手将她揽住，直接把她搂进怀里坐在了床上。

"你怎么都不关心我了？"他像是个孩子一样发狠地咬了一下她的耳垂。

她又羞又疼，伸手要打他，却被他按住变成了在脸上摸了一下："你舍不得打我的，我以前那么混账，你连骂我都不舍得。"

他的声音有些哑，非常精准地打击到了孟青减的心理创面上。

孟青减不说话了。

他却仍旧话多，那手顺着她的腰就一路摸到了她背上的那个子弹疤那儿。

"当时是不是很疼？"

他轻轻地问，一个大男人，那声音哑得让人心惊。

孟青减跟陆嵘铮认识这么多年，她是真的喜欢他，最怕的事情就是他受伤，或者是他在她面前掉眼泪。

当然，后者从未发生过。哪怕是那一年在陆远安的葬礼上，他的表现也是淡淡的，把悲喜藏在那层厚厚的保护罩里。

她想，她的爱是自私的，她不像别人的爱能够一起分享难过，她的爱是见不得对方难过，因此，为了防止这货说着说着真哭了，她还是心软地拍了拍他的肩膀。

"还好啦，别哭了，疼倒不是很疼，真的。"她顿了顿，想想还是补充了一句，"陆嵘铮，我从头到尾都没有怪过你。"

她说的是真的。

她从来都没有怪过他。

陆嵘铮深邃的眸子隐隐发亮，他几乎是确认性地问："真的？"

"真的啊。"

她扭过头看他，这才发现这厮不仅没有哭，还在笑，笑得虽然内敛了点，但眸子里却仿佛是有星星一般。

他还是当年那张好看的脸，一如无数书里写的那样，有着世上最好看的侧脸。孟青减的心微微一动，下意识地伸手就抚上了他英挺的眉骨。

"陆嵘铮，我们算不算殊途同归？"

他轻轻地把她搂紧，眸光深远："算，不仅算，你还是我这辈子的骄傲。"

03.

孟青减正式穿上警服是在 2017 年 1 月，江政东领着她在火红的国旗下完成了作为一名人民警察的宣誓。

她没跟陆嵘铮在一个大队里，理由是江政东怕他们在一起执行任务时明明可以平安无事的，但万一一个受伤另一个看不过眼，发生意外，那就不好了。

这次，孟月朗没再阻拦她，而是隔三岔五地会去队里给她送些吃的。

他们这些做长辈的，说到底也不过就是为了他们好。

只是从扬州回来后，不管是做作的贺萧还是孟月朗总是催婚，这让她多多少少有些无奈。

"等你想的时候，再嫁给我。"

那是在某一天她被催急了的时候，陆嵘铮说的话。

想的时候？

是什么时候呢？

孟青减几乎是没有任何考虑的对陆嵘铮说："那就在我们相识第十一年的时候吧。再等两年。"

为什么是第十一年呢？

因为陆远安离开他们的时候是四十一岁。

陆嵘铮很尊重她，揉着她的脑袋同意了她的言论。

他想，他们经历了这么多还能在一起，哪怕再等个十年他也愿意。

聂三在彻底结束了线人事业不久，就开启了他的第二春。老男人偏爱小女孩，聂三找的是一个比他小了十岁的跟孟青减一般大的姑娘。

那姑娘扎着马尾辫刚刚从大学毕业没多久，嘴里时常念叨的一句话就是："你老！你老！你老！"

聂三也不过三十多，哪受得了这个。

"我老你也不小啊！"他时常摸着脑袋发闷。

"可我小学的时候你就大学毕业了。"姑娘发出灵魂质问。

每到此刻，聂三总呵呵一笑："老子没上过大学，初中毕业白手起家。"

姑娘不说话了，从此又多出一个槽点——

你不聪明。

他们在一起的场景太像小孩子过家家了，曾有一次目睹他们吵架内容的陆嵘铮回到家，看见孟青减正在织毛衣，就试探性地问了她一句："如果当初你跟聂三在一起，是不是会跟那个小姑娘一样跳脱？"

孟青减摇摇头，继续织毛衣："那不会，面对聂三那人我跳脱不起来，他总爱胡说八道。"

"怎么个胡说八道法呢？"陆嵘铮窝在她的怀里表示好奇。

孟青减特认真地把毛衣针放下来："你真的想听？"

怀里的男人点点头。

孟青减咽了咽嘴，开始进行那段不堪回首的回忆。

"有一年吧，我跟他一起研究一个案子。那个案子很危险我们

都没有把握，他就什么细节都不告诉我。那段时间他去哪儿我就跟着他去哪儿，后来他为了躲我就买了一张去西藏的票。其实那天呢，他去了机场但没上飞机，但我去了，我在皑皑白雪里待了半个月，差点没挨过来。后来……"

"后来怎么样？"

陆嵘铮饶有兴味地看着她。

孟青减撇撇嘴："后来我才知道，他是去泡妞了。因为我跟他太紧，影响他发挥。"

想到这里，她还是很委屈："你说那时候他要跟我说，我能不让他去吗？还让我在雪山上待那么久……"

陆嵘铮笑起来，毛茸茸的脑袋继续往她的怀里钻了钻："所以那时候，你倒追聂三的传闻才在京城传得满天飞？"

"好了，你不要笑了。你要失去我的毛衣了。"孟青减实在是听不下去陆嵘铮这爽朗的笑声了，愤愤地阻止。

陆嵘铮也不恼，黑眸亮晶晶的，只是大掌揉了揉她纤白的小手："季中梁挟持聂三那天我看你那么紧张其实还挺难受的，但后来你知道为什么我不难受了吗？"

他微微挑着眉，有些志得意满。

"因为你后来就差跪下求我回去了？"

"滚蛋。"陆嵘铮笑骂，"是因为我想起聂三说你送了他一个江豚的玻璃制品,那玩意儿你小时候也送了我一个,但你送我的是鱼,你送他的是猪。"

"不。"孟青减果断地否认，"猪应该是他自己做的。"

陆嵘铮的墨眉挑得更厉害了："这么说你只送给了我一个人？"

"可能吧。"

孟青减娇俏地踹他一脚，不想回答这么羞涩的问题，扭头就上楼看电视去了。

不怎么要脸面的陆同学紧跟而上。

再之后，便是一室旖旎。

番外

京城同居那些年

2012 年的十二月，北京下了有史以来最大的一场雨夹雪。

孟青减裹着鹅黄色的羽绒服从警校的领奖台上昂首挺胸地走下来，那是她在这个学校得的关于侦查能力的奖，她们宿舍的女孩子集结了其他宿舍的男孩子扬言要去吃饭庆祝。

在学校附近的一个小火锅店里，男男女女十几个青春洋溢的孩子举着杯说着要让这片土地越来越好的豪言壮志。

那时候其中一个叫薛家凯的男孩子追孟青减，当所有同学都散了后，醉醺醺的他一路要求着要送她。

孟青减连摆了三次手，说不。

但这个男孩子就像是没听到一样。

她不喜欢不尊重人的人，所以扭头就走。

雨雪交加的天气，男孩在后面追她，她在前面踩着个露腿根的长靴就跑。那是她第一次体验被人追的滋味儿，感觉不是很好，甚至还因为不常穿长靴而摔倒在地。

狼狈交加的时候，是不知道从哪里出现的陆嵘铮扶起了她。

他们高三分别，大一也有任务纠葛，但这么近距离地接触还是头一次。

她像是抓到救命稻草一样，骄傲地扬起下巴对薛家凯说："这是我男朋友。"

那时候的陆嵘铮整个一剑眉星目像从画里走出来的青年，放眼看去整个警校也找不出第二个这么好看的男生。

薛家凯急了："减减，男人的皮囊都是假的，你跟他认识才多久，你了解他吗？怎么他就是你男朋友了？"

"可我喜欢他。可我就是喜欢他。"

十九岁的孟青减第一次如此直率地坦言，字字真心。

薛家凯觉得尊严受到了侮辱，捂着脸哭着就头也不回地走了。

当然，与此同时，扭头就走的还有陆嵘铮。

"谁让你说刚刚那些违心话的？"他冷笑，显然是不相信。

她也不管，只是在他的后面一边追一边走："刚刚他追得我很难受，陆嵘铮，如果我追你，你会难受吗？"

她笑眯眯地看着他，跟着孟月朗生活了一年，脸皮的厚度也噌噌噌往上涨。

陆嵘铮不走了，只是突然停下来板着脸训她："是谁教的你这样胡说八道？"

"是因为我从小喜欢你。"

年轻的小姑娘眼睛亮晶晶的，那是她这一生第一次鼓起勇气说这样的话，也是唯一一次只跟一个人说。

孟青减还记得那一天的风雪很大，冷风呼呼地往人的领子里灌，陆嵘铮的表情接近发狠，嘴上说着孟青减我不喜欢你，却还是低下头吻住了她。

那是他们爱情最开始的时候，也是最好的时候。

孟青减二十岁生日的那一天，孟月朗到她跟陆嵘铮同居的地方大闹了一场。

他一个平时爱极了体面的人像是发疯一样撕扯掉了这个小家里所有的装饰和东西，带了七八个人过来就要把孟青减给拖走。

那时候的孟青减和陆嵘铮多虎，拎着个啤酒瓶就跟那群人干仗。

干到一半的时候，孟月朗心疼了，怕自己的外甥女真受伤，才带着一群人撤了。

那是他们第一次感受到来自各方面势力的阻拦。

孟青减倒是没什么事儿，陆嵘铮身上横七竖八的被那群人伤到了不少。

他的嘴角破了皮，她特心疼地下去给他买药擦脸。

心里最难过的时候，她问他，万一我舅一直阻拦我们怎么办？

他无所谓地笑了笑，毛茸茸的脑袋在她怀里蹭了蹭，一边因为她下手没轻没重而"嘶嘶哈哈"，一边特认真地哑着声说："只要你这辈子一直站在我这边，我怎么给他低头都没事儿。"

大二那一年的刑侦课，江政东给大家留了一个反侦查的作业，让大家选定一个对象，追踪他一周的行迹，一个追踪，一个反追踪。

孟青减和陆嵘铮结成了完美的拉郎配。

那时候陆嵘铮除了在校上课以外，还接做软件游戏的私活，所以总掉头发。可就在江政东布置完反侦查作业之后，他竟是连头发丝的痕迹都在家里抹得干干净净。

孟青减在侦查方面一直有天赋，陆嵘铮也丝毫不弱。那整整一个星期，孟青减竟然连他的面都没见到过几回。他们是为了完成老师的作业而较劲，但同时，他们也是男女朋友。

孟青减什么蛛丝马迹都没找到，为此一度怀疑他是躲到别的女人家里去了，跟他瞎闹。

他那时候脾气也没那么好，她闹一次两次可以，闹第三次的时候干脆就承认了她的怀疑。

她为此大哭，然后赌气地跑了出去，在街头刚好就看见了一个醉酒的失恋的男人。

她拿起手机，"咔嚓"摆拍了一张自己要亲那个男人的图片，P了一下，P成了真亲，就发给了陆嵘铮。

仿佛爱情一定要在互相伤害里印证一般。

他那时候正满大街找她，看到她这张照片又气又担心。他知道她没有别的心思，但又真的害怕别的男人对她不轨，大晚上的趿拉着拖鞋就出去把她薅了回来。

那是孟青减同志第一次在外面看到那样的陆嵘铮，不修边幅，头发乱蓬蓬。

她笑得前俯后仰，像只小白兔一样直接跳到了陆嵘铮的背上。

她笑着拍打他的屁股，他又恼又羞，低沉的嗓音传递的却是"别闹，小心摔下来"。

她不为所动，直到打够了才用手环住了他的脖子。

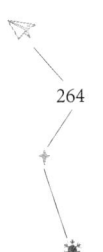

"我是骗你的，照片是假的。"她乐呵呵地在他的脸上亲一口。

他的心一下子就软了。

像是夏日里的棉花糖，那是黏住一生的甜。

十一年
无雪
落